STS

STS

考試分數大躍進
累積實力
百萬考生見證
應考秘訣

根據日本國際交流基金考試相關概要

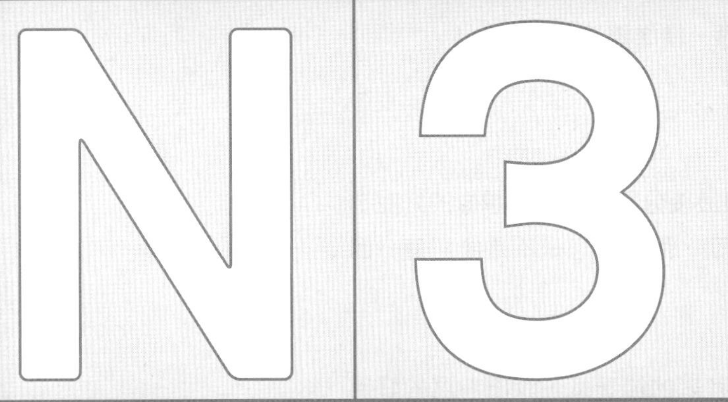

N3 合格全攻略！新日檢 6回全真模擬試題

讀解・聽力・言語知識【文字・語彙・文法】

山田社日檢題庫小組・吉松由美・田中陽子・西村惠子　合著

STS

前言はじめに

配合最新出題趨勢，模考內容全面換新！

百萬考生見證，權威題庫，就是這麼威！
出題的日本老師通通在日本，
持續追蹤日檢出題內容，重新分析出題重點，精準摸清試題方向！
輕鬆取得加薪證照，搶百萬年薪！

您是否做完模考後，都是感覺良好，但最後分數總是沒有想像的好呢？做模擬試題的關鍵，不是在於您做了多少回，而在，您是不是能把每一回都「做懂，做透，做爛」！

一本好的模擬試題，就是能讓您得到考試的節奏感，練出考試的好手感，並擁有一套自己的解題思路和技巧，對於千變萬化的題型，都能心中有數！

新日檢萬變，高分不變：

為掌握最新出題趨勢，本書的出題日本老師，通通在日本長年持續追蹤新日檢出題內容，徹底分析了歷年的新舊日檢考題，完美地剖析新日檢的出題心理。發現，日檢考題有逐漸變難的傾向，所以我們將新日檢模擬試題內容全面換新，製作了擬真度 100％ 的模擬試題。讓考生迅速熟悉考試內容，完全掌握必考重點，贏得高分！

摸透出題法則，搶分關鍵：

摸透出題法則的模擬考題，才是搶分關鍵。例如：「日語漢字的發音難點、把老外考得七葷八素的漢字筆畫，都是熱門考點；如何根據句意確定詞，根據詞意確定字；如何正確把握詞義，如近義詞的區別，多義詞的辨識；能否辨別句間邏輯關係，相互呼應的關係；如何掌握固定搭配、約定成俗的慣用型，就能加快答題速度，提高準確度；閱讀部分，品質和速度同時決定了最終的得分，如何在大腦裡建立好文章的框架」。只有徹底解析出題心理，合格證書才能輕鬆到手！

決勝日檢，全科備戰：

新日檢的成績，只要一科沒有到達低標，就無法拿到合格證書！而「聽解」測驗，經常為取得證書的絆腳石。

本書不僅擁有6回合大量的模擬聽解試題，更依照 JLPT 官方公佈的正式考試規格，請專業日籍老師錄製符合 N3 程度的標準東京腔光碟。透過模擬考的練習，把這6回「聽懂，聽透，聽爛」，來鍛鍊出「日語敏銳耳」！讓您題目一聽完，就知道答案是哪一個了。

掌握考試的節奏感，輕鬆取得加薪證照：

為了讓您有真實的應考體驗，本書完整輯錄「6大回合超擬真模擬試題」，完全複製了整個新日檢的考試配分及題型。請您一口氣做完一回，不要做一半就做別的事。考試時要如臨考場：「審題要仔細，題意要弄清，遇到攔路虎，不妨繞道行；細中求速度，快中不忘穩；不要急著交頭卷，檢查要認真。」

這樣能夠體會真實考試中可能遇到的心理和生理問題，並調整好生物鐘，使自己的興奮點和考試時間同步，培養出良好的答題節奏感，從而更好的面對考試，輕鬆取得加薪證照。

找出一套解題思路和技巧，贏得高分：

為了幫您贏得高分，《合格全攻略！新日檢6回全真模擬試題 N3》分析並深度研究了舊制及新制的日檢考題，不管日檢考試變得多刁鑽，掌握了原理原則，就掌握了一切！

確實做完這6回真題，然後認真分析，拾漏補缺，記錄難點，來回修改，進行分類，將重點的內容重點複習，也就是做懂，做透，做爛這6回。這樣，您必定對解題思路和技巧都能爛熟於心。而且，把真題的題型做透，其實考題就那幾種，掌握了就一切搞定了。

相信自己，絕對合格：

有了良好的準備，最後，就剩下考試當天的心理調整了。不只要相信自己的實力，更要相信自己的運氣，心裡默唸「這個難度我一定沒問題」，您就「絕對合格」啦！

目録もくじ

一、什麼是新日本語能力試驗呢?

1. 新制「日語能力測驗」

從2010年起，將實施新制「日語能力測驗」（以下簡稱為新制測驗）。

1－1 實施對象與目的

新制測驗與現行的日語能力測驗（以下簡稱為舊制測驗）相同，原則上，實施對象為非以日語作為母語者。其目的在於，為廣泛階層的學習與使用日語者舉行測驗，以及認證其日語能力。

1－2 改制的重點

此次改制的重點有以下四項：

1 測驗解決各種問題所需的語言溝通能力

新制測驗重視的是結合日語的相關知識，以及實際活用的日語能力。因此，擬針對以下兩項舉行測驗：一是文字、語彙、文法這三項語言知識；二是活用這些語言知識解決各種溝通問題的能力。

2 由四個級數增為五個級數

新制測驗由舊制測驗的四個級數（1級、2級、3級、4級），增加為五個級數（N1、N2、N3、N4、N5）。新制測驗與舊制測驗的級數對照，如下所示。最大的不同是在舊制測驗的2級與3級之間，新增了N3級數。

N1	難易度比舊制測驗的1級稍難。合格基準與舊制測驗幾乎相同。
N2	難易度與舊制測驗的2級幾乎相同。
N3	難易度介於舊制測驗的2級與3級之間。（新增）
N4	難易度與舊制測驗的3級幾乎相同。
N5	難易度與舊制測驗的4級幾乎相同。

「N」代表「Nihongo（日語）」以及「New（新的）」。

3 施行「得分等化」

由於在不同時期實施的測驗，其試題均不相同，無論如何慎重出題，每次測驗的難易度總會有或多或少的差異。因此在新制測驗中，導入「等化」的計分方式後，便能將不同時期的測驗分數，於共同量尺上相互比較。因此，無論是在什麼時候接受測驗，只要是相同級數的測驗，其得分均可予以比較。目前全球幾種主要的語言測驗，均廣泛採用這種「得分等化」的計分方式。

4 提供「日語能力測驗Can-do List」（暫稱）作參考

為了瞭解通過各級數測驗者的實際日語能力，新制測驗經過調查後，提供「日語能力測驗Can-do List」（暫稱）。本表列載通過測驗認證者的實際日語能力範例。希望通過測驗認證者本人以及其他人，皆可藉由本表更加具體明瞭測驗成績代表的意義。

1－3　所謂「解決各種問題所需的語言溝通能力」

我們在生活中會面對各式各樣的「問題」。例如，「看著地圖前往目的地」或是「讀著說明書使用電器用品」等等。種種問題有時需要語言的協助，有時候不需要。

為了順利完成需要語言協助的問題，我們必須具備「語言知識」，例如文字、發音、語彙的相關知識、組合語詞成為文章段落的文法知識、判斷串連文句的順序以便清楚說明的知識等等。此外，亦必須能配合當前的問題，擁有實際運用自己所具備的語言知識的能力。

舉個例子，我們來想一想關於「聽了氣象預報以後，得知東京明天的天氣」這個課題。想要「知道東京明天的天氣」，必須具備以下的知識：「晴れ（晴天）、くもり（陰天）、雨（雨天）」等代表天氣的語彙；「東京は明日は晴れでしょう（東京明日應是晴天）」的文句結構；還有，也要知道氣象預報的播報順序等。除此以外，尚須能從播報的各地氣象中，分辨出哪一則是東京的天氣。

如上所述的「運用包含文字、語彙、文法的語言知識做語言溝通，進而具備解決各種問題所需的語言溝通能力」，在新制測驗中稱為「解決各種問題所需的語言溝通能力」。

新制測驗將「解決各種問題所需的語言溝通能力」分成以下「語言知識」、「讀解」、「聽解」等三個項目做測驗。

語言知識	各種問題所需之日語的文字、語彙、文法的相關知識。
讀　解	運用語言知識以理解文字內容，具備解決各種問題所需的能力。
聽　解	運用語言知識以理解口語內容，具備解決各種問題所需的能力。

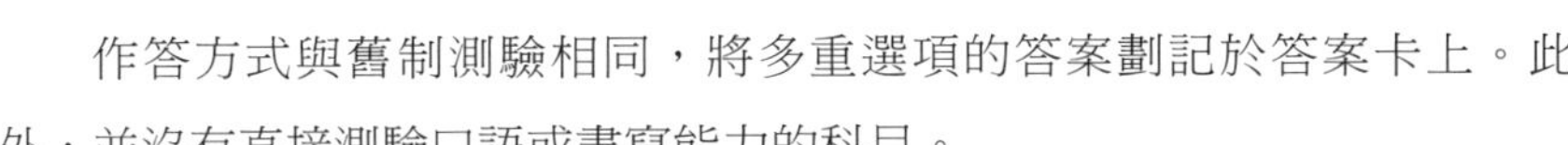

作答方式與舊制測驗相同，將多重選項的答案劃記於答案卡上。此外，並沒有直接測驗口語或書寫能力的科目。

Q&A

Q：新制日檢級數前的「N」是指什麼？

A：「N」指的是「New（新的）」跟「Nihongo（日語）」兩層意思。

2. 認證基準

新制測驗共分為N1、N2、N3、N4、N5五個級數。最容易的級數為N5，最困難的級數為N1。

與舊制測驗最大的不同，在於由四個級數增加為五個級數。以往有許多通過3級認證者常抱怨「遲遲無法取得2級認證」。為因應這種情況，於舊制測驗的2級與3級之間，新增了N3級數。

新制測驗級數的認證基準，如表1的「讀」與「聽」的語言動作所示。該表雖未明載，但應試者也必須具備為表現各語言動作所需的語言知識。

N4與N5主要是測驗應試者在教室習得的基礎日語的理解程度；N1與N2是測驗應試者於現實生活的廣泛情境下，對日語理解程度；至於新增的N3，則是介於N1與N2，以及N4與N5之間的「過渡」級數。關於各級數的「讀」與「聽」的具體題材（內容），請參照表1。

表1　新「日語能力測驗」認證基準

Q：以前是4個級數，現在呢？

A：新制日檢改分為N1-N5。N3是新增的，程度介於舊制的2、3級之間。過去有許多考生反應，舊制2、3級層度落差太大，所以在這兩個級數之間，多設了一個N3的級數，您就想成是，準2級就行啦！

	級數	認證基準 各級數的認證基準，如以下【讀】與【聽】的語言動作所示。各級數亦必須具備為表現各語言動作所需的語言知識。
↑ 困難 ＊	N1	能理解在廣泛情境下所使用的日語 【讀】・可閱讀話題廣泛的報紙社論與評論等論述性較複雜及較抽象的文章，且能理解其文章結構與內容。 ・可閱讀各種話題內容較具深度的讀物，且能理解其脈絡及詳細的表達意涵。 【聽】・在廣泛情境下，可聽懂常速且連貫的對話、新聞報導及講課，且能充分理解話題走向、內容、人物關係、以及說話內容的論述結構等，並確實掌握其大意。
	N2	除日常生活所使用的日語之外，也能大致理解較廣泛情境下的日語 【讀】・可看懂報紙與雜誌所刊載的各類報導、解說、簡易評論等主旨明確的文章。 ・可閱讀一般話題的讀物，並能理解其脈絡及表達意涵。 【聽】・除日常生活情境外，在大部分的情境下，可聽懂接近常速且連貫的對話與新聞報導，亦能理解其話題走向、內容、以及人物關係，並可掌握其大意。
	N3	能大致理解日常生活所使用的日語 【讀】・可看懂與日常生活相關的具體內容的文章。 ・可由報紙標題等，掌握概要的資訊。 ・於日常生活情境下接觸難度稍高的文章，經換個方式敘述，即可理解其大意。 【聽】・在日常生活情境下，面對稍微接近常速且連貫的對話，經彙整談話的具體內容與人物關係等資訊後，即可大致理解。

	級數	認證基準
*容易 ↓	N4	能理解基礎日語 【讀】・可看懂以基本語彙及漢字描述的貼近日常生活相關話題的文章。 【聽】・可大致聽懂速度較慢的日常會話。
	N5	能大致理解基礎日語 【讀】・可看懂以平假名、片假名或一般日常生活使用的基本漢字所書寫的固定詞句、短文、以及文章。 【聽】・在課堂上或周遭等日常生活中常接觸的情境下，如為速度較慢的簡短對話，可從中聽取必要資訊。

3. 測驗科目

新制測驗的測驗科目與測驗時間如表2所示。

■ 表2 測驗科目與測驗時間*①

級數	測驗科目（測驗時間）				
N1	語言知識（文字、語彙、文法）、讀解（110分）		聽解（60分）	→	測驗科目為「語言知識（文字、語彙、文法）、讀解」；以及「聽解」共2科目。
N2	語言知識（文字、語彙、文法）、讀解（105分）		聽解（50分）	→	
N3	語言知識（文字、語彙）（30分）	語言知識（文法）、讀解（70分）	聽解（40分）	→	測驗科目為「語言知識（文字、語彙）」；「語言知識（文法）、讀解」；以及「聽解」共3科目。
N4	語言知識（文字、語彙）（30分）	語言知識（文法）、讀解（60分）	聽解（35分）	→	
N5	語言知識（文字、語彙）（25分）	語言知識（文法）、讀解（50分）	聽解（30分）	→	

N1與N2的測驗科目為「語言知識（文字、語彙、文法）、讀解」以及「聽解」共2科目；N3、N4、N5的測驗科目為「語言知識（文字、語彙）」、「語言知識（文法）、讀解」、「聽解」共3科目。

由於N3、N4、N5的試題中，包含較少的漢字、語彙、以及文法項目，因此當與N1、N2測驗相同的「語言知識（文字、語彙、文法）、讀解」科目時，有時會使某幾道試題成為其他題目的提示。為避免這個情況，因此將「語言知識（文字、語彙、文法）、讀解」，分成「語言知識（文字、語彙）」和「語言知識（文法）、讀解」施測。

＊ 聽解因測驗試題的錄音長度不同，致使測驗時間會有些許差異。

4. 測驗成績

4－1　量尺得分

舊制測驗的得分，答對的題數以「原始得分」呈現；相對的，新制測驗的得分以「量尺得分」呈現。

「量尺得分」是經過「等化」轉換後所得的分數。以下，本手冊將新制測驗的「量尺得分」，簡稱為「得分」。

4－2　測驗成績的呈現

新制測驗的測驗成績，如表3的計分科目所示。N1、N2、N3的計分科目分為「語言知識（文字、語彙、文法）」、「讀解」、以及「聽解」3項；N4、N5的計分科目分為「語言知識（文字、語彙、文法）、讀解」以及「聽解」2項。

會將N4、N5的「語言知識（文字、語彙、文法）」和「讀解」合併成一項，是因為在學習日語的基礎階段，「語言知識」與「讀解」方面的重疊性高，所以將「語言知識」與「讀解」合併計分，比較符合學習者於該階段的日語能力特徵。

■ 表3　各級數的計分科目及得分範圍

級數	計分科目	得分範圍
N1	語言知識（文字、語彙、文法） 讀解 聽解	0～60 0～60 0～60
	總分	0～180
N2	語言知識（文字、語彙、文法） 讀解 聽解	0～60 0～60 0～60
	總分	0～180
N3	語言知識（文字、語彙、文法） 讀解 聽解	0～60 0～60 0～60
	總分	0～180
N4	語言知識（文字、語彙、文法）、讀解 聽解	0～120 0～60
	總分	0～180
N5	語言知識（文字、語彙、文法）、讀解 聽解	0～120 0～60
	總分	0～180

各級數的得分範圍，如表3所示。N1、N2、N3的「語言知識（文字、語彙、文法）」、「讀解」、「聽解」的得分範圍各為0～60分，三項合計的總分範圍是0～180分。「語言知識（文字、語彙、文法）」、「讀解」、「聽解」各占總分的比例是1：1：1。

N4、N5的「語言知識（文字、語彙、文法）、讀解」的得分範圍為0～120分，「聽解」的得分範圍為0～60分，二項合計的總分範圍是0～180分。「語言知識（文字、語彙、文法）、讀解」與「聽解」各占總分的比例是2：1。還有，「語言知識（文字、語彙、文法）、讀解」的得分，不能拆解成「語言知識（文字、語彙、文法）」與「讀解」二項。

除此之外，在所有的級數中，「聽解」均占總分的三分之一，較舊制測驗的四分之一為高。

N3　題型分析

聽力變得好重要喔！

沒錯，以前比重只佔整體的1/4，現在新制高達1/3喔。

測驗科目（測驗時間）		試題內容			小題題數＊	
		題型				分析
語言知識	文字、語彙	1	漢字讀音	◇	8	測驗漢字語彙的讀音。
		2	假名漢字寫法	◇	6	測驗平假名語彙的漢字寫法。
		3	選擇文脈語彙	○	11	測驗根據文脈選擇適切語彙。
		4	替換類義詞	○	5	測驗根據試題的語彙或說法，選擇類義詞或類義說法。
		5	語彙用法	○	5	測驗試題的語彙在文句裡的用法。
語言知識、讀解	文法	1	文句的文法1（文法形式判斷）	○	13	測驗辨別哪種文法形式符合文句內容。
		2	文句的文法2（文句組構）	◆	5	測驗是否能夠組織文法正確且文義通順的句子。
		3	文章段落的文法	◆	5	測驗辨別該文句有無符合文脈。
	讀解＊	4	理解內容（短文）	○	4	於讀完包含生活與工作等各種題材的撰寫說明文或指示文等，約150～200字左右的文章段落之後，測驗是否能夠理解其內容。
		5	理解內容（中文）	○	6	於讀完包含撰寫的解說與散文等，約350字左右的文章段落之後，測驗是否能夠理解其關鍵詞或因果關係等等。
		6	理解內容（長文）	○	4	於讀完解說、散文、信函等，約550字左右的文章段落之後，測驗是否能夠理解其概要或論述等等。
		7	釐整資訊	◆	2	測驗是否能夠從廣告、傳單、提供各類訊息的雜誌、商業文書等資訊題材（600字左右）中，找出所需的訊息。

聽解	1	理解問題	◇	6	於聽取完整的會話段落之後，測驗是否能夠理解其內容（於聽完解決問題所需的具體訊息之後，測驗是否能夠理解應當採取的下一個適切步驟）。
	2	理解重點	◇	6	於聽取完整的會話段落之後，測驗是否能夠理解其內容（依據剛才已聽過的提示，測驗是否能夠抓住應當聽取的重點）。
	3	理解概要	◇	3	於聽取完整的會話段落之後，測驗是否能夠理解其內容（測驗是否能夠從整段會話中理解說話者的用意與想法）。
	4	適切話語	◆	4	於一面看圖示，一面聽取情境說明時，測驗是否能夠選擇適切的話語。
	5	即時應答	◆	9	於聽完簡短的詢問之後，測驗是否能夠選擇適切的應答。

＊「小題題數」為每次測驗的約略題數，與實際測驗時的題數可能未盡相同。此外，亦有可能會變更小題題數。
＊ 有時在「讀解」科目中，同一段文章可能會有數道小題。

◆	舊制測驗沒有出現過的嶄新題型。
◇	沿襲舊制測驗的題型，但是更動部分形式。
○	與舊制測驗一樣的題型。

JLPT N3

試験問題

(しけんもんだい)

STS

答對：

／33題

測驗日期：___月___日

第一回

言語知識（文字、語彙）

問題1 ______のことばの読み方として最もよいものを、1・2・3・4から一つえらびなさい。

1 友人の手術は成功した。

1 せこう　2 せいこう　3 せいきょう　4 せきょう

2 彼が、給料を計算した。

1 ちゅうりょう　2 ちゅりょ　3 きゅうりょう　4 きゅりょお

3 先生が教室に現れる。

1 おもわれる　2 たわむれる　3 しのばれる　4 あらわれる

4 近くの公園で事件が起こる。

1 しけん　2 せけん　3 じけん　4 じこ

5 初めて会った人と握手をした。

1 あいて　2 あくしゅ　3 あくし　4 あくしゆ

6 授業に欠席しないようにしよう。

1 けつせき　2 けえせき　3 けせき　4 けっせき

7 彼女は、遅刻したことがないと自慢した。

1 じまい　2 じまん　3 まんが　4 じけん

8 その警察官は、とても親切だった。

1 けえさつかん　2 けんさつかん　3 けいかん　4 けいさつかん

問題２　＿＿＿のことばを漢字で書くとき、最もよいものを、１・２・３・４から一つえらびなさい。

9　力の弱い方のグループにみかたした。

1　見方　　2　三方　　3　診方　　4　味方

10　大事な書類がもえてしまった。

1　火えて　　2　燃えて　　3　焼えて　　4　災えて

11　ゆうびん局からの荷物が届いた。

1　郵使　　2　郵仕　　3　郵便　　4　郵働

12　風邪のよぼうのために、うがいをしてマスクをかける。

1　予紡　　2　予坊　　3　予防　　4　予妨

13　彼はいつでも、もんくばかり言っている。

1　文句　　2　門句　　3　問句　　4　分句

14　暑さのために、いしきが薄れる。

1　異識　　2　意識　　3　意職　　4　異職

問題3 （　　）に入れるのに最もよいものを、1・2・3・4から一つえらびなさい。

15 今から予定を（　　）しても大丈夫か確かめたいと思う。

1 返信　　2 変更　　3 必要　　4 参道

16 受付時間（　　）で、なんとか間に合った。

1 だらだら　　2 うろうろ　　3 みしみし　　4 ぎりぎり

17 電車の先頭車両には、（　　）の席がある。

1 運転士　　2 介護士　　3 栄養士　　4 弁護士

18 そのことについては、必ず本人の（　　）をとることが大切だ。

1 確認　　2 丁寧　　3 用意　　4 簡単

19 後片付けについては、（　　）が責任を持ってほしい。

1 注意　　2 意見　　3 各自　　4 全部

20 試合の途中、地震についての（　　）が流れた。

1 スピーチ　　2 アナウンス　　3 ディスカッション　　4 バーゲン

21 相手を（　　）気持ちを大切にする。

1 思いつく　　2 おめでたい　　3 思い出す　　4 思いやる

22 彼女が来ないので、彼は（　　）して機嫌が悪い。

1 わくわく　　2 いらいら　　3 はればれ　　4 にこにこ

23 外国に行くので、日本のお金をその国のお金に（　　）。

1 たえる　　2 求める　　3 かえる　　4 つくる

問題４　＿＿＿に意味が最も近いものを、１・２・３・４から一つえらびなさい。

24 壊(こわ)れた時計を<u>修理(しゅうり)する</u>。

1　すてる　　2　直(なお)す　　3　人にあげる　　4　持っていく

25 同じような仕事が続いたので、<u>あきて</u>しまった。

1　いやになって　　2　うれしくなって　　3　すきになって　　4　こわくなって

26 あの人とは、<u>以前(いぜん)</u>、会ったことがある。

1　明日(あす)　　2　何度か　　3　昔(むかし)　　4　昨日

27 道路に危険(きけん)なものがあったら、<u>さけて</u>歩(ある)いたほうがいい。

1　近(ちか)づいて　　2　さわいで　　3　遠(とお)ざかって　　4　見(み)つめて

28 川で流されそうな人を<u>助けた</u>。

1　困った　　2　急いだ　　3　見た　　4　すくった

問題5　つぎのことばの使い方として最もよいものを、1・2・3・4から一つえらびなさい。

29 向ける

1　時計の針が正午に向けた。
2　電車がこむ時間を向けて帰宅した。
3　どうしようかと頭を向ける。
4　台風はその進路を北に向けた。

30 確かめる

1　その池は危険なので、確かめてはいけない。
2　この会社に適した人か、会って確かめたい。
3　大学の卒業式の後、みんなで先生の家に確かめた。
4　困っている人を確かめるために話をした。

31 役立てる

1　私の経験を人のために役立てたい。
2　風が役立てるということを多くの人が知っていた。
3　耳を役立てるまでしっかり聞いてください。
4　彼は、その人に命を役立てられた。

32 招く

1　少しの不注意で、大きな事故を招いてしまうものだ。
2　畑に豆の種を招いた。
3　川の水が増えて木が招かれた。
4　強風のため、飛行機が招いてしまった。

33 平和

1　平和な電車のために人々は働いている。
2　平和な本があったので、すぐに買った。
3　平和な世界になるように願う。
4　平和な食べ物を食べるようにしたい。

答對：

／39題

言語知識（文法）・読解

問題1　つぎの文の（　　）に入れるのに最もよいものを、1・2・3・4から一つえらびなさい。

1 新しい家が買える（　　　）一生けん命がんばります。

1　ように　　2　ために　　3　ことに　　4　といっても

2 A「先生に相談に行ったの？」

B「そうなの。将来の（　　　）ご相談したいことがあって。」

1　ほうを　　2　ためを　　3　ことで　　4　なんか

3 （デパートで服を見ながら）

竹田「長くてかわいいスカートが欲しいんですが。」

店員「それでは、これ（　　　）いかがでございますか？」

1　が　　2　など　　3　ばかり　　4　に

4 子ども「えーっ、今日も魚？ぼく、魚、きらいなんだよ。」

母親「そんなこと言わないで。おいしいから食べて（　　　）よ。」

1　みる　　2　いる　　3　みて　　4　ばかり

5 学生「先生、来週の日曜日、先生のお宅に（　　　）よろしいでしょうか。」

先生「ああ、いいですよ。」

1　伺って　　2　行かれて　　3　参られて　　4　伺われて

6 このパンは、小麦粉と牛乳（　　　）できています。

1　が　　2　を　　3　に　　4　で

7 （会社で）

A「課長はお出かけですか？」

B「いえ、会議中です。3時（　　　）終わると思います。」

1　まででは　　2　では　　3　までには　　4　ごろから

8 母親「あら、お姉さんはまだ帰らないの？」
妹「お姉さん、友だちとご飯食べて帰る（　　　）よ。」

1　らしい　　2　つもり　　3　そうなら　　4　ような

9 ほかほかでおいしそうだな。温かい（　　　）食べようよ。

1　うえに　　2　うちに　　3　ころに　　4　ように

10 彼に理由を聞いた（　　　）、彼は、何にも知らないと言っていたよ。

1　なら　　2　って　　3　ところ　　4　ばかりで

11 初めて自分でお菓子を作りました。どうぞ（　　　）ください。

1　いただいて　　2　いただかせて　　3　食べたくて　　4　召し上がって

12 A「ハワイ旅行、どうだった？」
B「日本人（　　　）で、外国じゃないみたいだったよ。」

1　みたい　　2　ばかり　　3　ほど　　4　まで

13 子ども「ねえ、お母さん、僕の手袋、知らない？」
母親「ああ、青い手袋ね。玄関の棚の上に置いて（　　　）わ。」

1　おく　　2　みる　　3　いた　　4　おいた

問題２　つぎの文の＿★＿に入る最もよいものを、１・２・３・４から一つえらびなさい。

（問題例）

Ａ「＿＿＿　＿＿＿　＿★＿　＿＿＿　か。」

Ｂ「はい、だいすきです。」

１　すき　　２　ケーキ　　３　は　　４　です

（解答のしかた）

1.　正しい答えはこうなります。

Ａ「＿＿＿　＿＿＿　＿★＿　＿＿＿　か。」
　　２　ケーキ　３　は　１　すき　４　です
Ｂ「はい、だいすきです。」

2.　＿★＿に入る番号を解答用紙にマークします。

（解答用紙）

（例）	● ② ③ ④

14　母親「明日試験＿＿＿　＿＿＿　＿★＿　＿＿＿　つもりなの？」
子ども「これからしようと思ってたんだよ。」

１　ちっとも　　２　勉強しないで　　３　なのに　　４　どうする

15　自分で文章を書いてみて初めて、正しい＿＿＿　＿★＿　＿＿＿　＿＿＿わかりました。

１　どれほど　　２　難しいかが　　３　書くのが　　４　文章を

16　私は映画が好きなので、これから＿＿＿　＿＿＿　＿★＿　＿＿＿思っています。

１　研究しようと　　２　関して　　３　映画に　　４　世界の

17 A「この本をお借りしていいですか？」

B「すみません。この本は、私が＿＿＿ ＿＿＿ ＿＿＿ ＿★＿ですので、しばらく待っていただけますか。」

1 読もうと　　2 いる　　3 思って　　4 ところ

18 今日は母が病気でしたので、母の＿＿＿ ＿★＿ ＿＿＿ ＿＿＿作りました。

1 姉が　　2 おいしい　　3 かわりに　　4 夕御飯を

問題３　次の文章を読んで、文章全体の内容を考えて、 19 から 23 の中に入る最もよいものを、1・2・3・4から一つえらびなさい。

下の文章は、日本に留学したワンさんが、帰国後に日本語の先生に書いた手紙である。

山下先生、ごぶさたしております。 19 後、いかがお過ごしでしょうか。

日本にいる間は、本当にお世話になりました。帰国後しばらくは生活のリズムが 20 ため、食欲がなかったり、ねむれなかったりしましたが、おかげさまで今では 21 元気になり、新しい会社に就職をして、家族で楽しく暮らしています。

国に帰ってからも先生が教えてくださったことをよく思い出します。漢字の勉強を始めたばかりの頃は苦労しましたが、授業で練習の方法を習って、わかる漢字が増えると、しだいに楽しくなりました。また、最後の授業で聞いた、「枕草子※」の話も 22 印象に残っています。私もいつか私の国の四季について、本を書いてみたいです。 23 、先生が私の国にいらっしゃったら、ゆっくりお話をしながら、いろいろな美しい場所にご案内したいと思っています。

もうすぐ夏ですね。どうぞお体に気をつけてお過ごしください。

またお目にかかる時を心から楽しみにしています。

ワン・ソンミン

※枕草子…10～11世紀ごろに書かれた日本の有名な文学作品

読
解

19

1 あの　　2 その　　3 あちらの　　4 そちらの

20

1 変わる　　2 変わった　　3 変わりそうな　　4 変わらなかった

21

1 すっかり　　2 ゆっくり　　3 そっくり　　4 がっかり

22

1 大きく　　2 短く　　3 深く　　4 長く

23

1 そして　　2 でも　　3 しかし　　4 やはり

問題4　次の（1）から(4)の文章（ぶんしょう）を読んで、質問に答えなさい。答えは、1・2・3・4から最もよいものを一つえらびなさい。

(1)

ヘッドフォンで音楽を聞きながら作業（さぎょう）をすると集中（しゅうちゅう）できる、という人が多い。その理由をたずねると、まわりがうるさい環境（かんきょう）で仕事をしているような時でも、音楽を聞くことによって、うるさい音や自分に関係のない話を聞かずにすむし、じゃまをされなくてすむからだという。最近では、ヘッドフォンをつけて仕事をすることを認めている会社もある。

しかし、実際に調査を行った結果、ヘッドフォンで音楽を聞くことによって集中力が上がるというデータは、ほとんど出ていないという。また、ヘッドフォンを聞きながら仕事をするのは、オフィスでの作法（さほう）やマナーに反すると考える人も多い。

24　調査は、どんな調査か。

1　うるさい環境で仕事をすることによって、集中力が下がるかどうかの調査

2　ヘッドフォンで音楽を聞くことで、集中力が上がるかどうかの調査

3　不要な情報をきくことで集中力が下がるかどうかの調査

4　好きな音楽と嫌いな音楽の、どちらを聞けば集中できるかの調査

(2)

変温動物※1である魚は、氷がはるような冷たい水の中では生きていけない。では、冬、寒くなって池などに氷がはったとき、魚はどこにいるのだろう。実は、水の底でじっとしているのだ。

気体や液体には、温度の高いものが上へ、低いものが下へ行くという性質があるので、水の底は水面より水温が低いはずである。それなのに、魚たちは、なぜ水の底にいるのだろう。実は、水というのは変わった物質で、他の液体や気体と同様、冷たい水は下へ行くのだが、ある温度より下がると、反対に軽くなるのだそうだ。その温度が、4℃つまり、水温がぐっと下がると、4℃の水が一番重く、もっと冷たい水はそれより軽いということである。冬、水面に氷がはるようなときも、水の底には4℃という温かい水があることを、魚たちは本能※2として知っているらしい。

※1　変温動物…まわりの温度によって体温が変わる動物。

※2　本能…動物が生まれたときから自然に持っているはたらき。

25 水というのは変わった物質とあるが、どんなことが変わっているのか。

1　冬、気温が下がり寒くなると水面がこおること

2　温かい水は上へ、冷たい水は下へ行くこと

3　冷たい水は重いが、4℃より下がると逆に軽くなること

4　池の表面がこおるほど寒い日は、水は0℃以下になること

(3) 秋元さんの机の上に、西田部長のメモがおいてある。

秋元さん、

お疲れさまです。

コピー機が故障(こしょう)したので山川 OA サービスに修理をたのみました。

電話をして、秋元さんの都合(つごう)に合わせて来てもらう時間を決めてください。

コピー機がなおったら、会議で使う資料を、人数分コピーしておいてください。

資料は、A のファイルに入っています。

コピーする前に内容を確認してください。

西田

---

26 秋元さんが、しなくてもよいことは、下のどれか。

1 山川 OA サービスに、電話をすること

2 修理が終わったら、西田部長に報告(ほうこく)をすること

3 資料の内容を、確認すること

4 資料を、コピーしておくこと

(4) 次は、山川さんに届いたメールである。

あて先：jlpt1127.kukaku@group.co.jp
件名：製品について
送信日時：2015 年 7 月 26 日

前田化学
営業部　山川様

いつもお世話になっております。

　昨日は、新製品「スラーインキ」についての説明書をお送りいただき、ありがとうございました。くわしいお話をうかがいたいので、一度来ていただけないでしょうか。現在の「グリードインキ」からの変更についてご相談したいと思います。どうぞよろしくお願いいたします。

新日本デザイン
鈴木

27　このメールの内容について、正しいのはどれか。

1　前田化学の社員は、新日本デザインの社員に新しい製品の説明書を送った。
2　新日本デザインは、新しい製品を使うことをやめた。
3　新日本デザインは、新しい製品を使うことにした。
4　新日本デザインの社員は、前田化学に行って、製品の説明をする。

問題5　つぎの(1)と(2)の文章を読んで、質問に答えなさい。答えは、1・2・3・4から最もよいものを一つえらびなさい。

(1)

日本では、電車の中で、子どもたちはもちろん大人もよくマンガを読んでいる。私の国では見られない姿だ。日本に来たばかりの時は私も驚いたし、①恥ずかしくないのかな、と思った。大人の会社員が、夢中でマンガを読んでいるのだから。

しかし、しばらく日本に住むうちに、マンガはおもしろいだけでなく、とても役に立つことに気づいた。今まで難しいと思っていたことも、マンガで読むと分かりやすい。特に、歴史はマンガで読むと楽しい。それに、マンガといっても、本屋で売っているような歴史マンガは、専門家が内容を②しっかりチェックしているそうだし、それを授業で使っている学校もあるということだ。

私は高校生の頃、歴史にまったく関心がなく成績も悪かったが、日本で友だちから借りた歴史マンガを読んで興味を持ち、大学でも歴史の授業をとることにした。私自身、以前はマンガを馬鹿にしていたが、必要な知識が得られ、読む人の興味を引き出すことになるなら、マンガでも、本でも同じではないだろうか。

28　①恥ずかしくないのかな、と思ったのはなぜか。

1　日本の子どもたちはマンガしか読まないから

2　日本の大人たちはマンガしか読まないから

3　大人が電車の中でマンガを夢中で読んでいるから

4　日本人はマンガが好きだと知らなかったから

読解

29 どんなことを②しっかりチェックしているのか。

1 そのマンガが、おもしろいかどうか

2 そのマンガの内容が正しいかどうか

3 そのマンガが授業で使われるかどうか

4 そのマンガが役に立つかどうか

30 この文章を書いた人は、マンガについて、どう思っているか。

1 マンガはやはり、子どもが読むものだ。

2 暇なときに読むのはよい。

3 むしろ、本より役に立つものだ。

4 本と同じように役に立つものだ。

(2)

最近、パソコンやケイタイのメールなどを使ってコミュニケーションをすることが多く、はがきは、年賀状ぐらいしか書かないという人が多くなったそうだ。私も、メールに比べて手紙やはがきは面倒なので、特別な用事のときしか書かない。

ところが、昨日、友人からはがきが来た。最近、手紙やはがきをもらうことはめったにないので、なんだろうと思ってどきどきした。見てみると、「やっと暖かくなったね。庭の桜が咲きました。近いうちに遊びに来ない？　待っています。」と書いてあった。なんだか、すごく嬉しくて、すぐにも遊びに行きたくなった。

私は、今まで、手紙やはがきは形式をきちんと守って書かなければならないと思って、①ほとんど書かなかったが、②こんなはがきなら私にも書けるのではないだろうか。長い文章を書く必要も、形式（けいしき）にこだわる必要もないのだ。おもしろいものに出会ったことや近況（きんきょう）のお知らせ、小さな感動などを、思いつくままに軽い気持ちで書けばいいのだから。

私も、これからは、はがきをいろいろなことに利用してみようと思う。

31　「私」は、なぜ、これまで手紙やはがきを①ほとんど書かなかったか。正しくないものを一つえらべ。

1　パソコンや携帯のメールのほうが簡単だから
2　形式を重視して書かなければならないと思っていたから
3　改まった用事のときに書くものだと思っていたから
4　簡単な手紙やはがきは相手に対して失礼だと思っていたから

32 ②こんなはがき、とは、どんなはがきを指しているか。

1 形式をきちんと守って書く特別なはがき

2 特別な人にきれいな字で書くはがき

3 急な用事を書いた急ぎのはがき

4 ちょっとした感動や情報を伝える気軽なはがき

33 「私」は、はがきに関してこれからどうしようと思っているか。

1 特別な人にだけはがきを書こうと思っている。

2 いろいろなことにはがきを利用しようと思っている。

3 はがきとメールを区別したいと思っている。

4 メールをやめてはがきだけにしたいと思っている。

問題６　つぎの文章（ぶんしょう）を読んで、質問に答えなさい。答えは、１・２・３・４から最もよいものを一つえらびなさい。

朝食は食べたほうがいい、食べるべきだということが最近よく言われている。その理由として、主に「朝食をとると、頭がよくなり、仕事や勉強に集中できる」とか、「朝食を食べないと太りやすい」などと言われている。本当だろうか。

初めの理由については、Ｔ大学の教授が、20人の大学院生を対象にして①実験を行ったそうだ。それによると、「授業開始30分前までに、ゆでたまごを一個朝食として食べるようにためしてみたが、発表のしかたや内容が上手になることはなく、ゆでたまごを食べなくなっても、発表の内容が悪くなることもなかった。」ということだ。したがって、朝食を食べると頭がよくなるという効果は期待できそうにない。

②あとの理由については、確かに朝早く起きる人が朝食を抜くと昼食を多く食べすぎるため、太ると考えられる。しかし、何かの都合で毎日遅く起きるために一日２食で済ませていた人が、無理に朝食を食べるようにすれば逆に当然太ってしまうだろう。また、脂質とでんぷん質ばかりの外食が続くときも、その上朝食をとると太ってしまう。つまり、朝食はとるべきだと思い込んで無理に食べることで、③体重が増えてしまうこともあるのだ。

確かに、朝食を食べると脳と体が目覚め、その日のエネルギーがわいてくるということは言える。しかし、朝食を食べるか食べないかは、その人の生活パターンによってちがっていいし、その日のスケジュールによってもちがっていい。午前中に重い仕事がある時は朝食をしっかり食べるべきだし、前の夜、食べ過ぎた時は、野菜ジュースだけでも十分だ。早く起きて朝食をとるのが理想だが、朝食は食べなければならないと思い込まず、自分の体にいちばん合うやり方を選ぶのがよいのではないだろうか。

34 この①実験では、どんなことがわかったか。

1 ゆでたまごだけでは、頭がよくなるかどうかはわからない。
2 朝食を食べると頭がよくなるとは言えない。
3 朝食としてゆで卵を食べると、発表の仕方が上手になる。
4 朝食をぬくと、エネルギー不足で倒れたりすることがある。

35 ②あとの理由は、どんなことの理由か。

1 朝食を食べると頭がよくなるから、朝食は食べるべきだという理由
2 朝食を抜くと太るから、朝食はとるべきだという理由
3 朝早く起きる人は朝食をとるべきだという理由
4 朝食を食べ過ぎるとかえって太るという理由

36 ③体重が増えてしまうこともあるのはなぜか。

1 外食をすると、脂質やでんぷん質が多くなるから
2 一日三食をバランスよくとっているから
3 朝食をとらないといけないと思い込み無理に食べるから
4 お腹がいっぱいでも無理に食べるから

37 この文章の内容と合っているのはどれか。

1 朝食をとると、太りやすい。
2 朝食は、必ず食べなければならない。
3 肉体労働をする人だけ朝食を食べればよい。
4 朝食を食べるか食べないかは、自分の体に合わせて決めればよい。

問題7　つぎのページは、あるショッピングセンターのアルバイトを集めるための広告である。これを読んで、下の質問に答えなさい。答えは、1・2・3・4から最もよいものを一つえらびなさい。

38　留学生のコニンさん(21歳)は、日本語学校で日本語を勉強している。授業は毎日9時～12時までだが、火曜日と木曜日はさらに13～15時まで特別授業がある。土曜日と日曜日は休みである。学校からこのショッピングセンターまでは歩いて5分かかる。

コニンさんができるアルバイトは、いくつあるか。

1　一つ　　2　二つ　　3　三つ　　4　四つ

39　アルバイトがしたい人は、まず、何をしなければならないか。

1　8月20日までに、履歴書をショッピングセンターに送る。
2　一週間以内に、履歴書をショッピングセンターに送る。
3　8月20日までに、メールか電話で、希望するアルバイトの種類を伝える。
4　一週間以内に、メールか電話で、希望するアルバイトの種類を伝える。

さくらショッピングセンター

アルバイトをしませんか？

しめ切り…8月20日！

【資格】18歳以上の男女。高校生不可。

【応募】メールか電話で応募してください。その時、希望する仕事の種類をお知らせください。
面接は、応募から一週間以内に行います。写真をはった履歴書(りれきしょ)※をお持ち下さい。

【連絡先】Email：sakuraXXX@sakura.co.jp か、電話：03-3818-XXXX（担当：竹内）

仕事の種類	勤務時間	曜日	時給
レジ係	10:00 ～ 20:00 (4時間以上できる方)	週に5日以上	900円
サービスカウンター	10:00 ～ 19:00	木・金・土・日	1000円
コーヒーショップ	14:00 ～ 23:00 (5時間以上できる方)	週に4日以上	900円
肉・魚の加工	8:00 ～ 17:00	土・日を含み、4日以上	850円
クリーンスタッフ（店内のそうじ）	5:00 ～ 7:00	3日以上	900円

※履歴書…その人の生まれた年や卒業した学校などを書いた書類。就職するときなどに提出する。

T1-1 ～ 1-9

問題 1

問題 1 では、まず質問を聞いてください。それから話を聞いて、問題用紙の 1 から 4 の中から、最もよいものを一つえらんでください。

れい

1　10 時

2　6 時

3　7 時

4　6 時半

1ばん

1　資料を印刷する

2　いすの数を確認する

3　いすを運ぶ

4　弁当を注文する

2ばん

1　経済学

2　英語

3　ドイツ語

4　教育学

3 ばん

1　月曜日（げつようび）

2　木曜日（もくようび）

3　第（だい）2・第（だい）4火曜日（かようび）

4　土曜日（どようび）

4 ばん

1　歩（ある）いて行（い）く

2　電車（でんしゃ）で行（い）く

3　車（くるま）で行（い）く

4　バスで行（い）く

5ばん

1　ラーメン屋(や)

2　イタリア料理(りょうり)の店(みせ)

3　寿司屋(すしや)

4　二人(ふたり)の家(いえ)

6ばん

1　シーサイドホテル

2　ファーストホテル

3　山下旅館(やましたりょかん)

4　山(やま)の上(うえ)ホテル

問題 2

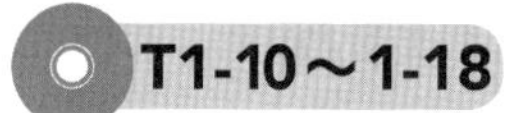

問題２では、まず質問を聞いてください。そのあと、問題用紙を見てください。読む時間があります。それから話を聞いて、問題用紙の１から４の中から、最もよいものを一つえらんでください。

れい

1　レポートを書くのに時間がかかったから

2　ゲームをしていたから

3　ずっとコンビニにいたから

4　近くの店でお酒を飲んでいたから

1ばん

1　宿題をしなかったから
2　休み時間に宿題をしなかったから
3　サッカーをして負けたから
4　友だちとケンカをしたから

2ばん

1　会議の準備ができていないから
2　課長が会議に来ないから
3　会議のあと、課長がすぐ出張に行かなければならないから
4　課長が出張に持っていくフランス語の資料がまだできていないから

3 ばん

1 相手(あいて)の都合(つごう)を聞(き)く

2 読(よ)み返(かえ)す

3 冗談(じょうだん)を言(い)う

4 電話(でんわ)をする

4 ばん

1 犬(いぬ)

2 ネコ

3 ウサギ

4 金魚(きんぎょ)

5ばん

1　値段が安い店

2　流行を取り入れた服がある店

3　お客がたくさん集まっている店

4　洋服の種類や数が多い店

6ばん

1　野球

2　アニメ

3　ドラマ

4　歌番組

問題 3

問題３では、問題用紙に何もいんさつされていません。この問題は、ぜんたいとしてどんなないようかを聞く問題です。話の前に質問はありません。まず話を聞いてください。それから質問とせんたくしを聞いて、１から４の中から、最もよいものを一つえらんでください。

— メモ —

もんだい
問題 4

問題4では、えを見ながら質問を聞いてください。やじるし（➡）の人は何と言いますか。１から３の中から、最もよいものを一つ選んでください。

れい

1ばん

2ばん

3ばん

4ばん

問題 5

問題5では、問題用紙に何もいんさつされていません。まず文を聞いてください。それからそのへんじを聞いて、1から3の中から、最もよいものを一つえらんでください。

— メモ —

答對：／33題

測驗日期：___月___日

第二回

言語知識（文字、語彙）

問題1 ＿＿＿のことばの読み方として最もよいものを、1・2・3・4から一つえらびなさい。

1 昔、母はとても美人だったそうだ。

1 ぴじん　2 びしん　3 びじん　4 ぴしん

2 彼は、私と彼女の共通の友人だ。

1 きょうつう　2 ちょうつう　3 きょおつう　4 きょうゆう

3 先生は生徒から尊敬されている。

1 そんけい　2 そんきょう　3 そんちょう　4 そんだい

4 首を曲げる運動をする。

1 さげる　2 あげる　3 まげる　4 かしげる

5 明後日、お会いしましょう。

1 めいごにち　2 みょうごにち　3 めいごび　4 みょうごび

6 おもしろいテレビ番組に夢中になる。

1 ぶちゅう　2 ふちゅう　3 むちゅう　4 うちゅう

7 学校での出来事をノートに書いた。

1 でるきごと　2 できごと　3 できいごと　4 できこと

8 授業の内容をまとめる。

1 ないくう　2 うちがわ　3 なかみ　4 ないよう

問題2 ＿＿＿のことばを漢字で書くとき、最もよいものを、1・2・3・4から一つえらびなさい。

9 彼女はクラスのいいんに選ばれた。

1 医員　　2 医院　　3 委員　　4 委院

10 えいえんに、あなたのことを忘れません。

1 氷延　　2 氷縁　　3 永遠　　4 永塩

11 卒業生に記念の品物がおくられた。

1 憎られた　　2 僧られた　　3 増られた　　4 贈られた

12 地球おんだん化は、解決しなければならない問題だ。

1 温段　　2 温暖　　3 温談　　4 温断

13 今月から、美術館で、かいがの展覧会が開かれている。

1 絵画　　2 会雅　　3 貝画　　4 絵貴

14 試験かいしのベルがなった。

1 開氏　　2 会氏　　3 会始　　4 開始

問題３　（　　）に入れるのに最もよいものを、1・2・3・4から一つえらびなさい。

15　現状に（　　）するだけでは、進歩しない。

1　冷淡　　2　希望　　3　満足　　4　検討

16　とつぜんの事故によって、家族が（　　）になる。

1　きちきち　　2　すべすべ　　3　ばらばら　　4　ふらふら

17　部屋を借りているので、（　　）を払わなくてはならない。

1　家賃　　2　運賃　　3　室代　　4　労賃

18　今年の（　　）の色は、紫色です。

1　社会　　2　文化　　3　増加　　4　流行

19　このパソコンは台湾（　　）です。

1　製　　2　用　　3　作　　4　産

20　積極的に（　　）活動に参加する。

1　ボーナス　　2　ボランティア　　3　ホラー　　4　ホームページ

21　何度も話し合って、彼のことを（　　）しようと努力した。

1　理解　　2　安心　　3　睡眠　　4　食事

22　泣いている彼女の肩に（　　）手を置いた。

1　どっと　　2　やっと　　3　ぬっと　　4　そっと

23　用事で家を（　　）いる間に、犬が逃げた。

1　ないて　　2　どいて　　3　あけて　　4　せめて

問題4 ＿＿＿に意味が最も近いものを、1・2・3・4から一つえらびなさい。

24 つくえの上をきれいに整理（せいり）した。

1 かざった　2 やりなおした　3 ならべた　4 片づけた

25 台風（たいふう）が近（ちか）づいて、激（はげ）しい雨（あめ）が降（ふ）ってきた。

1 ひじょうに弱（よわ）い　2 ひじょうに暗（くら）い
3 ひじょうに強（つよ）い　4 ひじょうに明（あか）るい

26 雨が降り出したので、遠足は中止になった。

1 やめること　2 先に延ばすこと
3 翌日にすること　4 行く場所を変えること

27 サイズが合（あ）わない洋服（ようふく）を彼女（かのじょ）にゆずった。

1 あげた　2 貸した　3 見（み）せた　4 届けた

28 宿題がなんとか間（ま）に合（あ）った。

1 何日（なんにち）も前（まえ）に提出（ていしゅつ）した　2 提出が遅（おく）れないですんだ
3 提出が少し遅れてしまった　4 まったく提出できなかった

問題5　つぎのことばの使い方として最もよいものを、１・２・３・４から一つえらびなさい。

29　ふやす

1　夏は海に行けるようにふやす。
2　安全に車を運転するようにふやした。
3　貯金を毎年少しずつふやしたい。
4　仕事がふやすのでとても疲れた。

30　中止

1　大雨のため祭りは中止になった。
2　危険なため、その窓は中止された。
3　パーティーへの参加を希望したが中止された。
4　初めから展覧会は中止した。

31　申し込む

1　迷子になった子どもを、やっと申し込む。
2　ガソリンスタンドで、車にガソリンを申し込んだ。
3　その報告にたいへん申し込んだ。
4　彼女に結婚を申し込む。

32　移る

1　分かるまで何度も移ることが大切だ。
2　郊外の広い家に移る。
3　ボールを受け取って移る。
4　パンを入れてあるかごに移る。

33　不足

1　不足な味だったので、おいしかった。
2　この金額では不足だ。
3　彼の不足な態度を見て腹が立った。
4　やさしい表情に不足する感じがした。

答對：

／39 題

言語知識（文法）・読解

問題１　つぎの文の（　　）に入れるのに最もよいものを、１・２・３・４から一つえらびなさい。

1　こんなに部屋がきたないんじゃ、友だちを（　　　）そうもない。

1　呼び　　2　呼べ　　3　呼べる　　4　呼ぶ

2　A「ねえ、あなたの（　　　）どんな人？」
B「普通の人だよ。なに、興味あるの？」

1　お兄さんが　　2　お兄さんに　　3　お兄さんって　　4　お兄さんでも

3　私も（　　　）一人でヨーロッパに行ってみたいと思っています。

1　いつか　　2　いつ　　3　間もなく　　4　いつに

4　A「どこかいい歯医者さん知らない？」
B「あら、歯が痛いの。駅前の田中歯科に（　　　）。」

1　行くことでしょう　　2　行ってみせて
3　行ってもどうかな　　4　行ってみたらどう

5　あら、風邪？熱が（　　　）、病院に行ったほうがいいわよ。

1　高いと　　2　高いようなら　　3　高いらしいと　　4　高いからって

6　弟「お父さんは最近すごく忙しそうで、いらいらしてるよ。」
兄「そうか、じゃ、温泉に行こうなんて、（　　　）。」

1　言わないほうがよさそうだね　　2　言わないほうがいいそうだね
3　言わなかったかもしれないね　　4　言ったほうがいいね

7　たとえ明日雨が（　　　）遠足は行われます。

1　降っても　　2　降ったら　　3　降るので　　4　降ったが

8　彼女と別れるなんて、想像する（　　　）悲しくなるよ。

1　ので　　2　から　　3　だけで　　4　なら

9 水（　　　）あれば、人は何日か生きられるそうです。

1　ばかり　　2　は　　3　から　　4　さえ

10 A「夏休みはどうするの？」

B「僕は田舎のおじさんの家に行く（　　　）。」

1　らしいよ　　2　ことになっているんだ

3　ようだよ　　4　ことはないよ

11 A「具合がわるそうね。医者に行ったの？」

B「うん。お酒をやめる（　　　）言われたよ。」

1　からだと　　2　ようだと　　3　ように　　4　ことはないと

12 大変だ、弟が犬に（　　　）よ。

1　かんだ　　2　かまられた　　3　かみられた　　4　かまれた

13 先生は、何を研究（　　　）いるのですか。

1　されて　　2　せられて　　3　しられて　　4　しれて

問題２　つぎの文の＿★＿に入る最もよいものを、１・２・３・４から一つえらびなさい。

（問題例（れい））

Ａ「＿＿＿　＿＿＿　＿★＿　＿＿＿　か。」

Ｂ「はい、だいすきです。」

１　すき　　２　ケーキ　　３　は　　４　です

（解答（かいとう）のしかた）

1.　正しい答えはこうなります。

> Ａ「＿＿＿　＿＿＿　＿★＿　＿＿＿　か。」
> ２　ケーキ　３　は　１　すき　４　です
> Ｂ「はい、だいすきです。」

2.　＿★＿に入る番号（ばんごう）を解答（かいとう）用紙にマークします。

（解答（かいとう）用紙）

（例（れい））	● ② ③ ④

14　日本の＿＿＿　＿＿＿　＿★＿　＿＿＿　見事な花を咲かせます。

１　３月末から　　２　かけて　　３　桜は　　４　４月初めに

15　母が、私の＿＿＿　＿★＿　＿＿＿　＿＿＿　よくわかりました。

１　どんなに　　２　ことを　　３　心配して　　４　いるか

16　先生に＿★＿　＿＿＿　＿＿＿　＿＿＿　難しくてできなかった。

１　とおりに　　２　みたが　　３　教えられた　　４　やって

17　気温が急に高くなった＿＿＿　＿★＿　＿＿＿　＿＿＿　どうもよくない。

１　体の　　２　か　　３　せい　　４　調子が

18　妹は＿＿＿　＿＿＿　＿★＿　＿＿＿　母にそっくりだ。

１　ば　　２　ほど　　３　見る　　４　見れ

文法

問題3　次の文章を読んで、文章全体の内容を考えて、[19] から [23] の中に入る最もよいものを、1・2・3・4から一つえらびなさい。

下の文章は、ある高校生が「野菜工場」を見学して書いた作文である。

先日、「野菜工場」を見学しました。[19] 工場では、室内でレタスなどの野菜を作っています。工場内はとても清潔でした。作物は、土を使わず、肥料[※1]を溶かした水で育てます。日照量[※2]や、肥料・CO2の量なども、コンピューターで決めるそうです。

工場のかたの説明によると、「野菜工場」の大きな課題は、お金がかかることだそうです。しかし、一年中天候に影響されずに生産できることや、農業労働力の不足など日本の農業が抱えている深刻な問題が [20] と思われることから、近い将来、大きなビジネスになると期待されているということでした。

私は、工場内のきれいなレタスを見ながら、[21] 、家の小さな畑のことを思い浮かべました。両親が庭の隅に作っている畑です。そこでは、土に汚れた小さな野菜たちが、太陽の光と風を受けて、とても気持ちよさそうにしています。両親は、野菜についた虫を取ったり、肥料をやったりして、愛情をこめて育てています。私もその野菜を食べると、日光や風の味がするような気がします。

[22] 、「野菜工場」の野菜には、土や日光、風や水などの自然の味や、育てた人の愛情が感じられるでしょうか。これからさらに技術が進歩すれば、野菜は [23] という時代が来るのかもしれません。しかし、私は、やはり、自然の味と生産者の愛情が感じられる野菜を、これからもずっと食べたいと思いました。

※1 肥料…植物や土に栄養を与えるもの。

※2 日照量…太陽が出すエネルギーの量。

19

1　あの　　2　あれらの　　3　この　　4　これらの

20

1　解決される　　2　増える　　3　変わる　　4　なくす

21

1　さっと　　2　きっと　　3　かっと　　4　ふと

22

1　それから　　2　また　　3　それに　　4　いっぽう

23

1　畑で作るもの　　2　工場で作るもの

3　人が作るもの　　4　自然が作るもの

問題4　次の（1）から(4)の文章（ぶんしょう）を読んで、質問に答えなさい。答えは、1・2・3・4から最もよいものを一つえらびなさい。

(1)

外国のある大学で、お酒を飲む人160人を対象に次のような心理学の実験を行った。

上から下まで同じ太さのまっすぐのグラス(A)と、上が太く下が細くなっているグラス(B)では、ビールを飲む速さに違いがあるかどうかという実験である。

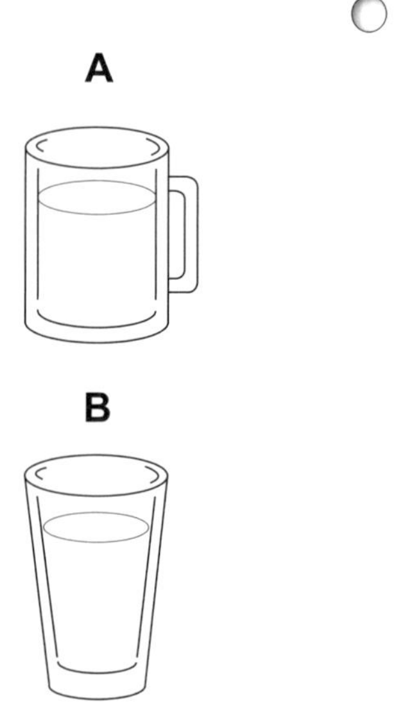

その結果、Bのグラスのほうが、Aのグラスより、飲むスピードが2倍も早かったそうだ。

実験をした心理学者は、その理由を、ビールの残りが半分以下になると、人は話すことよりビールを飲み干す※ことを考えるからではないか、また、Bのグラスでは、自分がどれだけ飲んだのかが分かりにくいので、急いで飲んでしまうからではないか、と、説明している。

※飲み干す…グラスに入った飲み物を飲んでしまうこと。

24　この実験で、どんなことが分かったか。

1　Aのグラスより、Bのグラスの方が、飲むのに時間がかかること
2　Aのグラスより、Bのグラスの方が、飲み干すのに時間がかからないこと
3　AのグラスでもBのグラスでも、飲み干す時間は変わらないこと
4　Bのグラスで飲むと、自分が飲んだ量が正確に分かること

(2) これは、中村さんにとどいたメールである。

あて先：jlpt1127.kukaku@group.co.jp
件　名：資料の確認
送信日時：2015 年 8 月 14 日　13:15
==

海外事業部
中村　様

　お疲れさまです。

　8 月 10 日にインドネシア工場についての資料 4 部を郵便でお送りしましたが、とどいたでしょうか。

　内容をご確認の上、何か問題があればご連絡ください。

　よろしくお願いします。

山下

　====================
　東京本社　企画営業部
　山下　花子
　内線　XXXX
　====================

---

25 このメールを見た後、中村さんはどうしなければならないか。

1　インドネシア工場に資料がとどいたかどうか、確認する。

2　山下さんに資料がとどいたかどうか、確認する。

3　資料を見て、問題があればインドネシア工場に連絡する。

4　資料の内容を確認し、問題があれば山下さんに連絡する。

(3) これは、大学の学習室を使う際の申し込み方法である。

【学習室の利用申し込みについて】

①利用が可能な曜日と時間

・月曜日～土曜日　9:00 ～ 20:45

②申し込みの方法

・月曜日～金曜日　利用する1週間前から受け付けます。

・8:45 ～ 16:45 に学生部の受付で申し込みをしてください。

＊なお、土曜日と平日の 16:45 ～ 20:45 の間は自由にご使用ください。

③使用できない日時

・上の①以外の時間帯

・日曜、祝日※、大学が決めた休日

※祝日…国で決めたお祝いの日で、学校や会社は休みになる。

26 学習室の使い方で、正しいものはどれか。

1　月曜日から土曜日の9時から20時45分までに申し込む。

2　平日は、一日中自由に使ってもよい。

3　土曜日は、16時45分まで使うことができる。

4　朝の9時前は、使うことができない。

(4)

インターネットの記事によると、鼻で息をすれば、口で息をするより空気中のごみやウイルスが体の中に入らないということです。また、鼻で息をする方が、口で息をするより多くの空気、つまり酸素を吸うことができるといいます。

（中略）

普段は鼻から呼吸をしている人も、ぐっすりねむっているときは、口で息をしていることが結構多いようですね。鼻で深く息をするようにすると、体に酸素が十分回るので、体が活発に働き、ストレスも早くなくなる。したがって、常に、鼻から深くゆっくりとした呼吸をするよう習慣づければ、体によいばかりでなく、精神もかなり落ち着いてくるということです。

27 鼻から息をすることによる効果でないものは、次のどれか。

1 空気中のウイルスが体に入らない。

2 ぐっすりねむることができる。

3 体が活発に働く。

4 ストレスを早くなくすことができる。

読解

問題5　つぎの(1)と(2)の文章（ぶんしょう）を読んで、質問に答えなさい。答えは、1・2・3・4から最もよいものを一つえらびなさい。

(1)

　亡くなった父は、いつも「人と同じことはするな」と繰り返し言っていました。子どもにとって、その言葉はとても不思議でした。なぜなら、周りの子どもたちは大人の人に「＿①＿」と言われていたからです。みんなと仲良く遊ぶには、一人だけ違うことをしないほうがいいという大人たちの考えだったのでしょう。

　思い出してみると、父は②仕事の鬼で、高い熱があっても決して仕事を休みませんでした。小さい頃からいっしょに遊んだ思い出は、ほとんどありません。それでも、父の「人と同じことはするな」という言葉は、とても強く私の中に残っています。

　今、私は、ある会社で商品の企画※の仕事をしていますが、父のこの言葉は、③非常に役に立っています。今の時代は新しい情報が多く、商品やサービスはあまっているほどです。そんな中で、ただ周りの人についていったり、真似をしたりしていたのでは勝ち残ることができません。自分の頭で人と違うことを考え出してこそ、自分の企画が選ばれることになるからです。

※企画…あることをしたり、新しい商品を作るために、計画を立てること。

28　「　①　」に入る文はどれか。

1　人と同じではいけない
2　人と同じようにしなさい
3　人のまねをしてはいけない
4　人と違うことをしなさい

29 筆者はなぜ父を②仕事の鬼だったと言うのか。

1 周りの大人たちと違うことを自分の子どもに言っていたから

2 高い熱があっても休まず、仕事第一だったから

3 子どもと遊ぶことがまったくなかったから

4 子どもには厳しく、まるで鬼のようだったから

30 ③非常に役に立っていますとあるが、なぜか。

1 周りの人についていけば安全だから

2 人のまねをすることはよくないことだから

3 人と同じことをしていても仕事の場で勝つことはできないから

4 自分で考え自分で行動するためには、自信が大切だから

(2)

ある留学生が入学して初めてのクラスで自己紹介をした時、緊張していたためきちんと話すことができず、みんなに笑われて恥ずかしい思いをしたという話を聞きました。彼はそれ以来、人と話すのが苦手になってしまったそうです。①とても残念な話です。確かに、小さい失敗が原因で性格が変わることや、ときには仕事を失ってしまうこともあります。

では、失敗はしない方がいいのでしょうか。私はそうは思いません。昔、ある本で、「人の②心を引き寄せるのは、その人の長所や成功よりも、短所や失敗だ」という言葉を読んだことがあります。その時はあまり意味がわかりませんでしたが、今はわかる気がします。

その学生は、失敗しなければよかったと思い、失敗したことを後悔したでしょう。しかし、周りの人、特に先輩や先生から見たらどうでしょうか。その学生が失敗したことによって、彼に何を教えるべきか、どんなアドバイスをすればいいのかがわかるので、声をかけやすくなります。まったく失敗しない人よりもずっと親しまれ愛されるはずです。

そう思えば、失敗もまたいいものです。

31 なぜ筆者は、①とても残念と言っているのか。

1 学生が、自己紹介で失敗して、恥ずかしい思いをしたから
2 学生が、自己紹介の準備をしていなかったから
3 学生が、自己紹介で失敗して、人前で話すのが苦手になってしまったから
4 ある小さい失敗が原因で、仕事を失ってしまうこともあるから

32 ②心を引き寄せると、同じ意味の言葉は文中のどれか。

1 失敗をする　　2 教える　　3 叱られる　　4 愛される

33 この文章の内容と合っているものはどれか。

1 緊張すると、失敗しやすくなる。

2 大きい失敗をすると、人に信頼されなくなる。

3 失敗しないことを第一に考えるべきだ。

4 失敗することは悪いことではない。

読解

問題6　つぎの文章（ぶんしょう）を読んで、質問に答えなさい。答えは、1・2・3・4から最もよいものを一つえらびなさい。

2015年の6月、日本の選挙権が20歳以上から18歳以上に引き下げられることになった。1945年に、それまでの「25歳以上の男子」から「20歳以上の男女」に引き下げられてから、なんと、70年ぶりの改正である。2015年現在、18・19歳の青年は240万人いるそうだから、①この240万人の人々に選挙権が与えられるわけである。

なぜ20歳から18歳に引き下げられるようになったかについては、若者の声を政治に反映させるためとか、諸外国では大多数の国が18歳以上だから、などと説明されている。

日本では、小学校から高校にかけて、係や委員を選挙で選んでいるので、選挙には慣れているはずなのに、なぜか、国や地方自治体の選挙では②若者の投票率が低い。2014年の冬に行われた国の議員を選ぶ選挙では、60代の投票率が68%なのに対して、50代が約60%、40代が50%、30代42%、そして、③20代は33%である。3人に一人しか投票に行っていないのである。選挙権が18歳以上になったとしても、いったい、どれぐらいの若者が投票に行くか、疑問である。それに、18歳といえば大学受験に忙しく、政治的な話題には消極的だという意見も聞かれる。

しかし、投票をしなければ自分たちの意見は政治に生かされない。これからの長い人生が政治に左右されることを考えれば、若者こそ、選挙に行って投票すべきである。

そのためには、学校や家庭で、政治や選挙についてしっかり教育することが最も大切であると思われる。

34 ①この240万人の人々について、正しいのはどれか。

1 2015年に選挙権を失った人々　2 1945年に新たに選挙権を得た人々

3 2015年に初めて選挙に行った人々　4 2015年の時点で、18歳と19歳の人々

35 ②若者の投票率が低いことについて、筆者はどのように考えているか。

1 若者は政治に関心がないので、仕方がない。

2 投票しなければ自分たちの意見が政治に反映されない。

3 もっと選挙に行きやすくすれば、若者の投票率も高くなる。

4 年齢とともに投票率も高くなるので、心配いらない。

36 ③20代は33%であるとあるが、他の年代と比べてどのようなことが言えるか。

1 20代の投票率は、30代の次に低い。

2 20代の投票率は、40代と同じくらいである。

3 20代の投票率は、60代の約半分である。

4 20代の投票率が一番低く、4人に一人しか投票に行っていない。

37 若者が選挙に行くようにするには、何が必要か。

1 選挙に慣れさせること

2 投票場をたくさん設けること

3 学校や家庭での教育

4 選挙に行かなかった若者の名を発表すること

問題7　右のページは、ある会社の社員旅行の案内である。これを読んで、下の質問に答えなさい。答えは、1・2・3・4から最もよいものを一つえらびなさい。

38　この旅行に参加したいとき、どうすればいいか。

1　7月20日までに、社員に旅行代金の15,000円を払う。

2　7月20日までに、山村さんに申込書を渡す。

3　7月20日までに、申込書と旅行代金を山村さんに渡す。

4　7月20日までに、山村さんに電話する。

39　この旅行について、正しくないものはどれか。

1　この旅行は、帰りは新幹線を使う。

2　旅行代金15,000円の他に、2日目の昼食代がかかる。

3　本社に帰って来る時間は、午後5時より遅くなることがある。

4　この旅行についてわからないことは、山村さんに聞く。

平成 27 年 7 月 1 日

社員のみなさまへ

総務部

社員旅行のお知らせ

本年も社員旅行を次の通り行います。参加希望の方は、下の申込書にご記入の上、7 月 20 日までに、山村（内線番号 XX）に提出（ていしゅつ）してください。多くの方（かた）のお申し込みを、お待ちしています。

記

1. 日時　　　9 月 4 日（土）～5 日（日）

2. 行き先　　静岡県富士の村温泉

3. 宿泊先　　星山温泉ホテル（TEL：XXX-XXX-XXXX）

4. 日程

9 月 4 日（土）

午前 9 時　本社出発 ― 月川 PA ― ビール工場見学 ― 富士の村温泉着　午後 5 時頃

9 月 5 日（日）

午前 9 時　ホテル出発 ― ピカソ村観光（アイスクリーム作り）― 月川 PA ― 本社着　午後 5 時頃　　＊道路が混雑していた場合、遅れます

5. 費用　一人 15,000 円（ピカソ村昼食代は別）

------------------------------ キリトリ ------------------------------

申し込み書

氏名

部署名

ご不明な点は、総務部山村（内線番号 XX）まで、お問い合わせ下さい。

答對：

／27 題

聴解

T2-1 ～ 2-9

問題 1

問題 1 では、まず質問を聞いてください。それから話を聞いて、問題用紙の 1 から 4 の中から、最もよいものを一つえらんでください。

れい

1　10 時
2　6 時
3　7 時
4　6 時半

1ばん

1　場所を調べる

2　20人に話を聞く

3　電話をする

4　この前もらった名刺を見る

2ばん

1　食べたあとに飲む

2　朝と夕方に飲む

3　一日3回飲む

4　別の痛み止めも飲む

3 ばん

1　廊下のゴミ箱に捨てる。

2　台所の燃えるゴミ入れに入れる。

3　会議室の隅のペットボトル入れに入れる。

4　廊下の隅の回収ボックスに入れる。

4 ばん

1　4月7日

2　4月1日

3　3月31日

4　4月2日

5 ばん

1

2

3

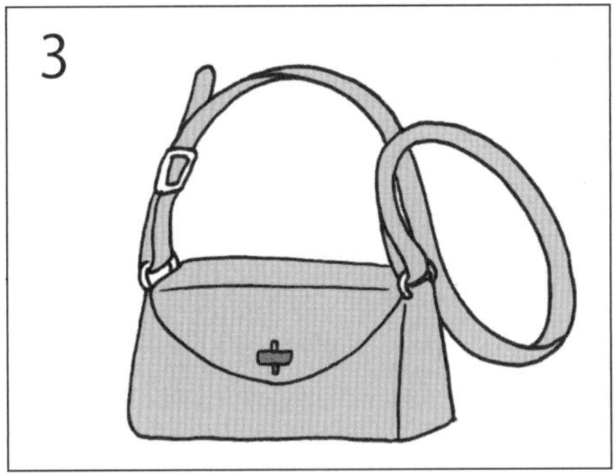

4

6 ばん

1　8こ

2　7こ

3　6こ

4　5こ

問題 2

問題２では、まず質問を聞いて下さい。そのあと、問題用紙を見て下さい。読む時間があります。それから話を聞いて、問題用紙の１から４の中から、最もよいものを一つえらんでください。

れい

1　レポートを書くのに時間がかかったから

2　ゲームをしていたから

3　コンビニで遅くまで買い物をしていたから

4　友だちとお店でお酒を飲んでいたから

1ばん

1　出張に行っていたから

2　請求書を書いていたから

3　部長と出かけたから

4　部長に怒られたから

2ばん

1　提出する日を間違えないようにする

2　内容をくわしく調べる

3　言葉の意味を確認する

4　漢字を間違えないようにする

3ばん

1　会社の車

2　地下鉄

3　タクシー

4　電車

4ばん

1　聡が待ち合わせに、来なかったから

2　聡の携帯の電池が、切れていたから

3　聡が待ち合わせに来ないで、寝ていたから

4　聡が謝りもしないで、変なことをほめたから

5ばん

1　父も一人で登山をしていたから

2　自分が強い心を持っていることを確かめたいから

3　好きな時に、好きな速さで登りたいから

4　仲間と登るより一人の方が楽しいから。

6ばん

1　新しいコピー機に買い替える

2　コンビニでコピーをとってくる

3　キューキューオフィスに電話をする

4　佐藤さんに直してもらう

問題 3

問題３では、問題用紙に何もいんさつされていません。この問題は、ぜんたいとしてどんなないようかを聞く問題です。話の前に質問はありません。まず話を聞いて下さい。それから、質問とせんたくしを聞いて、１から４の中から、最もよいものを一つえらんでください。

— メモ —

もんだい 問題 4

問題4では、えを見ながら質問を聞いてください。やじるし（➡）の人は何と言いますか。1から3の中から、最もよいものを1つえらんでください。

れい

1ばん

2ばん

3 ばん

4 ばん

問題 5

問題５では、問題用紙に何もいんさつされていません。まず文を聞いてください。それから、そのへんじを聞いて、１から３の中から、最もよいものを一つえらんでください。

— メモ —

MEMO

答對：　／33題

測驗日期：___月___日

第三回

言語知識（文字、語彙）

問題１　＿＿＿のことばの読み方として最もよいものを、１・２・３・４から一つえらびなさい。

1　喫茶店のコーヒーが値上がりした。

1　ねさがり　　2　ちあがり　　3　ねうえがり　　4　ねあがり

2　今日は、図書を整理する日だ。

1　とうしょ　　2　ずが　　3　としょ　　4　ずしょ

3　暑いので、扇風機をつけた。

1　せんふうき　　2　せんぶうき　　3　せんぷうき　　4　せんたくき

4　真っ青な空が、まぶしい。

1　まあお　　2　まっさき　　3　まつあお　　4　まっさお

5　朝ごはんにみそ汁を飲む。

1　みそしる　　2　みそじゅう　　3　みそすい　　4　みそじゅる

6　車の免許を取る。

1　めんきよ　　2　めんきょ　　3　めんきょう　　4　めんきょお

7　校長先生の顔に注目する。

1　ちゅうもく　　2　ちゅうい　　3　ちょおもく　　4　ちゅもく

8　黒板の字をノートにうつす。

1　くろばん　　2　こうばん　　3　こくばん　　4　こくはん

回數

1

2

3

4

5

6

問題2 ＿＿＿のことばを漢字で書くとき、最もよいものを、1・2・3・4から一つえらびなさい。

9 室内は涼しくて、とてもかいてきだ。

1 快嫡　　2 快敵　　3 快摘　　4 快適

10 遠い昔のきおくが戻ってきた。

1 記億　　2 記憶　　3 記臆　　4 記檍

11 彼女は、今ごろ、試験を受けているさいちゅうだ。

1 最注　　2 最中　　3 再仲　　4 際中

12 じじょうをすべて話してください。

1 真情　　2 実情　　3 事情　　4 強情

13 夏は、毎日たりょうの水を飲む。

1 他量　　2 対量　　3 大量　　4 多量

14 私は、小さいとき、体がよわかった。

1 強かった　　2 便かった　　3 引かった　　4 弱かった

問題３（　　）に入れるのに最もよいものを、１・２・３・４から一つえらびなさい。

15 部屋(へや)の（　　）は、とうとう30℃を超(こ)えた。

1 湿気(しっけ)　2 風力(ふうりょく)　3 気圧(きあつ)　4 温度

16 涼(すず)しい部屋だったので、気持(きも)ちよく（　　）眠(ねむ)れた。

1 とっぷり　2 ぐっすり　3 くっきり　4 すっかり

17 多(おお)くの道路は（　　）で、煙草(たばこ)を吸(す)える場所(ばしょ)は限(かぎ)られている。

1 喫煙(きつえん)　2 禁煙(きんえん)　3 通行止め　4 水煙(すいえん)

18 （　　）でなければ、そんな厳しい労働はできない。

1 健康(けんこう)　2 危険　3 正確(せいかく)　4 困難

19 その通りには、30（　　）もの商店が並(なら)んでいる。

1 軒(けん)　2 本　3 個　4 家(け)

20 太陽(たいよう)（　　）は、今、注目を集めているものの一つだ。

1 スクリーン　2 クリック　3 エネルギー　4 ダンサー

21 スポーツ好(ず)きな友(とも)だちの（　　）もあって、水泳に通うようになった。

1 試合　2 影響(えいきょう)　3 興味　4 長所(ちょうしょ)

22 弟は、中学生になって（　　）背が高くなった。

1 するする　2 わいわい　3 にこにこ　4 ますます

23 家族みんなの好みに（　　）夕飯を作った。

1 選んで　2 迷って　3 受けて　4 合わせて

問題4　＿＿＿に意味が最も近いものを、１・２・３・４から一つえらびなさい。

24　彼は学級委員に適する人だ。

1　ぴったり合う　2　似合わない　3　選ばれた　4　満足する

25　車の事故をこの町から一掃しよう。

1　少なくしよう　2　ながめよう　3　なくそう　4　掃除をしよう

26　彼のお姉さんはとても美人です。

1　優しい人　2　頭がいい人　3　変な人　4　きれいな人

27　偶然、駅で小学校の友だちに会った。

1　久しぶりに　2　うれしいことに　3　たまたま　4　しばしば

28　彼の店では、その商品をあつかっている。

1　参加している　2　売っている　3　楽しんでいる　4　作っている

問題5 つぎのことばの使い方として最もよいものを、1・2・3・4から一つえらびなさい。

29 えがく

1 きれいな字をえがく人だと先生にほめられた。
2 デザインされた服を、針と糸でえがいて作り上げた。
3 レシピ通りに玉子と牛乳をえがいて料理が完成した。
4 鳥たちは、水面に美しい円をえがくように泳いでいる。

30 感心

1 くつの修理を頼んだが、なかなかできないので感心した。
2 現代を代表する女優のすばらしい演技に感心した。
3 自分の欠点がわからず、とても感心した。
4 夕べはよく眠れなくて遅くまで感心した。

31 人種

1 わたしの家の人種は全部で6人です。
2 世界にはいろいろな人種がいる。
3 料理によって人種が異なる。
4 昨日見かけた外国人は、人種だった。

32 燃える

1 古いビルの中の店が燃えている。
2 春の初めにあさがおの種を燃えた。
3 食べ物の好みは、人によって燃えている。
4 湖の中で、何かがもぞもぞ燃えているのが見える。

33 不満

1 機械の調子が不満で、ついに動かなくなった。
2 自慢ばかりしている不満な彼に嫌気がさした。
3 その決定に不満な人が集会を開いた。
4 カーテンがひく不満で見かけが悪い。

答對：

／39 題

言語知識（文法）・読解

問題１　つぎの文の（　　）に入れるのに最もよいものを、１・２・３・４から一つえらびなさい。

1　A「この引き出しには、何が入っているのですか。」
B「写真だけ（　　）入っていません。」

1　ばかり　　2　が　　3　しか　　4　に

2　ああ、喉が乾いた。冷たいビールが（　　）。

1　飲めたいなあ　　2　飲みたいなあ　　3　飲もうよ　　4　飲むたいなあ

3　A「この会には誰でも入れるのですか。」
B「ええ、手続きさえ（　　）、どなたでも入れますよ。」

1　して　　2　しないと　　3　しないので　　4　すれば

4　A「英語は話せますか。」
B「そうですね。話せる（　　）話せますが、自信はないです。」

1　ことに　　2　ことは　　3　ことが　　4　ものの

5　調査の結果を（　　）、新しい計画が立てられた。

1　もとに　　2　もとで　　3　さけて　　4　もって

6　A「なぜ、この服が好きなの。」
B「かわいい（　　）、着やすいからよ。」

1　だけで　　2　ので　　3　だけでなく　　4　までで

7　クラスの代表（　　）、恥ずかしくないようにしっかりがんばります。

1　とすると　　2　だけど　　3　なんて　　4　として

8　始めは泳げなかったのですが、練習するに（　　）上手になりました。

1　して　　2　したがって　　3　なって　　4　よれば

9 A「中村さんは？」

B「あら、たった今、（　　　）よ。まだその辺にいるんじゃない。」

1　帰ったとたん　　2　帰るばかり　　3　帰ったばかり　　4　帰るはず

10 A館のこの入場券は、B館に入る（　　　）必要ですので、なくさないようにしてくださいね。

1　際にも　　2　際は　　3　間に　　4　うちにも

11 来週の土曜日に佐久間（さくま）教授に（　　　）のですが、ご都合はいかがでしょうか。

1　拝見したい　　2　お目にかかりたい

3　いらっしゃる　　4　お会いしていただきたい

12 A「明日の山登りには、お弁当と飲み物を持って行けばいいですね。」

B「そうですね。ただ、明日は雨が降る（　　　）ので、傘は持っていったほうがいいですね。」

1　予定なので　　2　ことになっている

3　おそれがある　　4　つもりなので

13 先生はどんなことを研究（　　　）いるのですか。

1　せられて　　2　なさられて　　3　されて　　4　させられて

問題２　つぎの文の ＿★＿ に入る最もよいものを、１・２・３・４から一つえらびなさい。

（問題例）

A「＿＿　＿＿　＿★＿　＿＿　か。」
B「はい、だいすきです。」
1　すき　　2　ケーキ　　3　は　　4　です

（解答のしかた）

1.　正しい答えはこうなります。

A「＿＿　＿＿　＿★＿　＿＿　か。」
　2　ケーキ　3　は　1　すき　4　です
B「はい、だいすきです。」

2.　＿★＿ に入る番号を解答用紙にマークします。

（解答用紙）　（例）　● ② ③ ④

14　このスカートは少し小さいですので、＿＿　＿＿　＿★＿　＿＿替えていただけますか。

1　大きい　　2　もっと　　3　に　　4　の

15　あの店は、曜日＿＿　＿★＿　＿＿　＿＿電話で聞いてみたほうがいいですよ。

1　よって　　2　閉まる時間が　　3　に　　4　違うから

16　この鏡は、＿＿　＿＿　＿★＿　＿＿きれいにならない。

1　磨いて　　2　ちっとも　　3　も　　4　いくら

17 彼＿★＿ ＿＿＿ ＿＿＿ ＿＿＿と思います。

1　立派な　　2　ほど　　3　いない　　4　人は

18 明日は、いつもより少し＿＿＿ ＿＿＿ ＿★＿ ＿＿＿のですが。

1　たい　　2　早く　　3　いただき　　4　帰らせて

問題3　つぎの文章を読んで、文章全体の内容を考えて、19 から 23 の中に入る最もよいものを、1・2・3・4から一つえらびなさい。

下の文章は、日本に来た外国人が書いた作文である。

私が1回目に日本に来たのは15年ほど前である。その当時の日本人は周りの人にも 19 接し、礼儀正しく親切で、私の国の人々に比べてまじめだと感じた。 20 、今回の印象はかなり違う。いちばん驚いたのは、電車の中で、人々が携帯電話に夢中になっていることである。特に若い人たちは、混んだ電車の中でもいち早く座席に座り、座るとすぐに携帯電話を取り出してメールをしたりしている。周りの人を見ることもなく、みな同じような顔をして、同じように携帯の画面を見ている。 21 日本人たちから、私は、他の人々を寄せ付けない冷たいものを感じた。

来日1回目のときの印象は、違っていた。満員電車に乗り合わせた人たちは、お互いに何の関係もないが、そこに、見えないつながりのようなものが感じられた。座っている自分の前にお年寄りが立っていると、席を譲る人が多かったし、混み合った電車の中でも、「毎日大変ですね…」といった共感※のようなものがあるように思った。

これは、日本社会が変わったからだろうか、 22 、私の見方が変わったのだろうか。

どこの国にもさまざまな問題があるように、日本にもいろいろな社会問題があり、それに伴って社会や人々の様子も少しずつ変化するのは当然である。日本も15年前とは変わったが、それにしてもやはり、日本人は現在のところ、他の国に比べれば礼儀正しく、また、社会の秩序もしっかり守られている。そのことは、とても 23 。これらの日本人らしさは、変わらないでほしいと思う。

※共感…自分もほかの人も同じように感じること。

19

1　つめたく　　2　やさしく　　3　温かく　　4　きびしく

20

1　また　　2　そして　　3　しかし　　4　それから

21

1　こういう　　2　そんな　　3　あんな　　4　どんな

22

1　それとも　　2　だから　　3　なぜ　　4　つまり

23

1　いいことだろうか　　2　いいことにはならない

3　いいことだと思われる　　4　いいことだと思えない

問題4　つぎの（1）から(4)の文章（ぶんしょう）を読んで、質問に答えなさい。答えは、1・2・3・4から最もよいものを一つえらびなさい。

(1)

私たち日本人は、食べ物を食べるときには「いただきます」、食べ終わったときには「ごちそうさま」と言う。自分で料理を作って一人で食べる時も、お店でお金を払って食べる時も、誰にということもなく、両手を合わせて「いただきます」「ごちそうさま」と言っている。

ある人に「お金を払って食べているんだから、レストランなどではそんな挨拶はいらないんじゃない？」と言われたことがある。

しかし、私はそうは思わない。「いただきます」と「ごちそうさま」は、料理を作ってくれた人に対する感謝の気持ちを表す言葉でもあるが、それよりも、私たち人間の食べ物としてその生命をくれた動物や野菜などに対する感謝の気持ちを表したものだと思うからである。

24　作者は「いただきます」「ごちそうさま」という言葉について、どう思っているか。

1　日本人としての礼儀である。
2　作者の家族の習慣である。
3　料理を作ってくれたお店の人への感謝の気持ちである。
4　食べ物になってくれた動物や野菜への感謝の表れである。

(2)

暑い時に熱いものを食べると、体が熱くなるので当然汗をかく。その汗が蒸発[※1]するとき、体から熱を奪うので涼しくなる。だから、インドなどの熱帯地方では熱くてからいカレーを食べるのだ。

では、日本人も暑い時には熱いものを食べると涼しくなるのか。

実は、そうではない。日本人の汗は他の国の人と比べると塩分濃度（えんぶんのうど）[※2]が高く、かわきにくい上に、日本は湿度が高いため、ますます汗は蒸発しにくくなる。

だから、暑い時に熱いものを食べると、よけいに暑くなってしまう。インド人のまねをしても涼しくはならないということである。

※1　蒸発…気体になること。

※2　濃度…濃さ。

25 暑い時に熱いものを食べると、よけいに暑くなってしまう 理由はどれか。

1　日本は、インドほどは暑くないから

2　カレーなどの食べ物は、日本のものではないから

3　日本人は、必要以上にあせをかくから

4　日本人のあせは、かわきにくいから

(3) 佐藤さんの机の上に、メモがおいてある。

佐藤さん、

お疲れ様です。
本日 15 時頃、北海道支社の川本さんより、電話がありました。
出張（しゅっちょう）※の予定表を金曜日までに欲しいそうです。
また、ホテルの希望を聞きたいので、
今日中に携帯（けいたい）090-XXXX-XXXX に連絡をください、とのことです。
よろしくお願いします。

18:00 田中

※出張…仕事のためにほかの会社などに行くこと

---

26 佐藤さんは、まず、何をしなければならないか。

1 川本さんに、ホテルの希望を伝える。

2 田中さんに、ホテルの希望を伝える。

3 川本さんに、出張の予定表を送る。

4 田中さんに、出張の予定表を送る。

(4) これは、病院にはってあったポスターである。

病院内では携帯電話をマナーモードにしてください

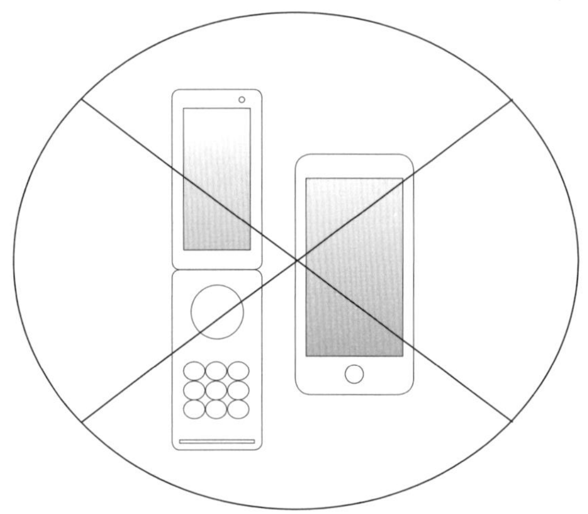

1. お電話は、決められた場所でしてください。
(携帯電話コーナー、休憩室、病棟(びょうとう)個室(こしつ)等)
2. 病院内では、電源 Off エリアが決められています。
(診察(しんさつ)室、検査室、処置(しょち)室、ICU 等)
3. 歩きながらのご使用はご遠慮ください。
4. 診察に邪魔になる場合は、使用中止をお願いすることがあります。

27 この病院の中の携帯電話の使い方で、正しくないものはどれか。

1 休憩室では、携帯電話を使うことができる。
2 検査室では、マナーモードにしなければならない。
3 携帯電話コーナーでは、通話してもよい。
4 歩きながら使ってはいけない。

問題5　つぎの(1)と(2)の文章(ぶんしょう)を読んで、質問に答えなさい。答えは、1・2・3・4から最もよいものを一つえらびなさい。

(1)

私は、仕事で人と会ったり会社を訪問したりするとき、①服の色に気をつけて選ぶようにしている。

例えば、仕事でほかの会社を訪問するとき、私は、黒い色の服を選ぶ。黒い色は、冷静で頭がよく自立[※1]した印象を与えるため、仕事の場では有効な色だと思うからだ。また、初対面の人と会うときは、白い服を選ぶことが多い。初対面の人にあまり強すぎる印象は与えたくないし、その点、白は上品で清潔な印象を与えると思うからだ。

入社試験の面接[※2]などでは、濃い青色の服を着る人が多い「②リクルートスーツ」などと呼ばれているが、青は、まじめで落ち着いた印象を与えるので、面接等に適しているのだろう。

このように、服の色によって人に与える印象が変わるだけでなく、③服を着ている人自身にも影響を与える。私は、赤が好きなのだが、赤い服を着ると元気になり、行動的になるような気がする。

服だけでなく、色のこのような作用は、身の回りのさまざまなところで利用されている。

それぞれの色の特徴(とくちょう)や作用を知って、改めて商品の広告や、道路や建物の中のマークなどを見ると、その色が選ばれている理由がわかっておもしろい。

※1　自立…人に頼らないで、自分の考えで決めることができること。

※2　面接…会社の入社試験などで、試験を受ける人に会社の人が直接考えなどを聞くこと。

28 ①服の色に気をつけて選ぶようにしているとあるが、それはなぜか。

1 服の色は、その日の自分の気分を表しているから
2 服の色によって、人に与える印象も変わるから
3 服の色は服のデザインよりも人にいい印象を与えるから
4 服の色は、着る人の性格を表すものだから

29 入社試験などで着る②「リクルートスーツ」は、濃い青色が多いのはなぜだと筆者は考えているか。

1 青は、まじめで落ち着いた印象を人に与えるから
2 青は、上品で清潔な印象を人に与えるから
3 入社試験には、青い服を着るように決まっているから
4 青は、頭がよさそうな印象を人に与えるから

30 ③服を着ている人自身にも影響を与えるとあるが、その例として、どのようなことが書かれているか。

1 白い服は、人に強すぎる印象を与えないこと
2 黒い服を着ると、冷静になれること
3 青い服を着ると、仕事に対するファイトがわくこと
4 赤い服を着ると、元気が出て行動的になること

(2)

最近、野山や林の中で昆虫採集[※1]をしている子どもを見かけることが少なくなった。私が子どものころは、夏休みの宿題といえば昆虫採集や植物採集だった。男の子はチョウやカブトムシなどの虫を捕る者が多く、虫捕り網をもって、汗を流しながら野山を走り回ったものである。うまく虫を捕まえた時の①わくわく、どきどきした気持ちは、今でも忘れられない。

なぜ、今、虫捕りをする子どもたちが減っているのだろうか。

一つには、近くに野山や林がなくなったからだと思われる。もう一つは、自然を守ろうとするあまり、学校や大人たちが、虫を捕ることを必要以上に強く否定し、禁止するようになったからではないだろうか。その結果、子どもたちは生きものに直接触れる貴重な機会をなくしてしまっている。

分子生物学者の平賀壮太(ひらがそうた)博士は、「子どもたちが生き物に接したときの感動が大切です。生き物を捕まえた時のプリミティブ[※2]な感動が、②自然を知る入口だといって良いかも知れません。」とおっしゃっている。そして、実際、多くの生きものを捕まえて研究したことのある人の方が自然の大切さを知っているということである。

もちろんいたずらに生きものを捕まえたり殺したりすることは許されない。しかし、自然の大切さを強調するあまり、子どもたちの自然への関心や感動を奪ってしまわないように、私たち大人や学校は気をつけなければならないと思う。

※1　昆虫採集…勉強のためにいろいろな虫を集めること。

※2　プリミティブ…基本的な最初の。

31 ①わくわく、どきどきした気持ちとは、どんな気持ちか。

1　虫に対する恐怖心や不安感
2　虫をかわいそうに思う気持ち
3　虫を捕まえたときの期待感や緊張感
4　虫を逃がしてしまった残念な気持ち

32 ②自然を知る入口とはどのような意味か。

1　自然から教えられること
2　自然の恐ろしさを知ること
3　自然を知ることができないこと
4　自然を知る最初の経験

33 この文章を書いた人の意見と合うのは次のどれか。

1　自然を守るためには、生きものを捕らえたり殺したりしないほうがいい。
2　虫捕りなどを禁止してばかりいると、かえって自然の大切さを理解できなくなる。
3　学校では、子どもたちを叱らず、自由にさせなければならない。
4　自然を守ることを強く主張する人々は、自然を深く愛している人々だ。

問題６　つぎの文章(ぶんしょう)を読んで、質問に答えなさい。答えは、１・２・３・４から最もよいものを一つえらびなさい。

二人で荷物を持って坂や階段を上がるとき、上と下ではどちらが重いかということが、よく問題になる。下の人は、物の重さがかかっているので下のほうが上より重いと言い、上の人は物を引き上げなければならないから、下より上のほうが重いと言う。

実際はどうなのだろうか。実は、力学[※1]的に言えば、荷物が二人の真ん中にあるとき、二人にかかる重さは全く同じなのだそうである。このことは、坂や階段でも平らな道を二人で荷物を運ぶときも同じだということである。

ただ、①これは、荷物の重心[※2]が二人の真ん中にある場合のことである。しかし、②もし重心が荷物の下の方にずれていると下の人、上の方にずれていると上の人の方が重く感じる。

③重い荷物を長い棒に結びつけて、棒の両端を二人でそれぞれ持つ場合、棒の真ん中に荷物があれば、二人の重さは同じであるが、そうでなければ、荷物に遠いほうが軽く、近いほうが重いということになる。

このように、重い荷物を二人以上で運ぶ場合、荷物の重心から、一番離れた場所が一番軽くなるので、④覚えておくとよい。

※１　力学…物の運動と力との関係を研究する物理学の１つ。

※２　重心…物の重さの中心

回數　1　2　3　4　5　6

34 ①これは何を指すか。

1 物が二人の真ん中にあるとき、力学的には二人にかかる重さは同じであること

2 坂や階段を上がるとき、下の方の人がより重いということ

3 坂や階段を上がるとき、上の方の人により重さがかかるということ

4 物が二人の真ん中にあるときは、どちらの人も重く感じるということ

35 坂や階段を上るとき、②もし重心が荷物の下の方にずれていると、どうなるか。

1 上の人のほうが重くなる。

2 下の人のほうが重くなる。

3 重心の位置によって重さが変わることはない。

4 上の人も下の人も重く感じる。

36 ③重い荷物を長い棒に結びつけて、棒の両端を二人でそれぞれ持つ場合、二人の重さを同じにするは、どうすればよいか。

1 荷物を長いひもで結びつける。

2 荷物をもっと長い棒に結びつける。

3 荷物を二人のどちらかの近くに結びつける。

4 荷物を棒の真ん中に結びつける。

37 ④覚えておくとよいのはどんなことか。

1 荷物の重心がどこかわからなければ、どこを持っても重さは変わらないということ

2 荷物の二人で運ぶ時は、棒にひもをかけて持つと楽であるということ

3 荷物を二人以上で運ぶ時は、重心から最も離れたところを持つと軽いということ

4 荷物を二人以上で運ぶ時は、重心から一番近いところを持つと楽であるということ

問題7　つぎのページは、ある図書館のカードを作る時の決まりである。これを読んで、下の質問に答えなさい。答えは、1・2・3・4から最もよいものを一つえらびなさい。

38　中松市に住んでいる留学生のマニラムさん(21歳)は、図書館で本を借りるための手続きをしたいと思っている。マニラムさんが図書館カードを作るにはどうしなければならないか。

1　お金をはらう。
2　パスポートを持っていく。
3　貸し出し申込書に必要なことを書いて、学生証か外国人登録証を持っていく。
4　貸し出し申込書に必要なことを書いて、お金をはらう。

39　図書館カードについて、正しいものはどれか。

1　図書館カードは、中央図書館だけで使うことができる。
2　図書館カードは、三年ごとに新しく作らなければならない。
3　住所が変わった時は、電話で図書館に連絡をしなければならない。
4　図書館カードをなくして、新しく作る時は一週間かかる。

図書館カードの作り方

図書館カード 4901301247407

なまえ マニラム・スレシュ

中松市立図書館

〒333-2212 中松市今中 1-22-3 ☎ 0901-33-3211

① はじめて本を借りるとき

- 中松市に住んでいる人
- 中松市内で働いている人
- 中松市内の学校に通学する人は、カードを作ることができます。
- また、坂下市、三田市及び松川町に住所がある人も作ることができます。

カウンターにある「貸し出し申込書」に必要なことを書いて、図書館カードを受け取ってください。

その際、氏名・住所が確認できるもの（運転免許証・健康保険証・外国人登録証・住民票・学生証など）をお持ちください。中松市在勤、在学で、その他の市にお住まいの人は、その証明も合わせて必要です。

② 続けて使うとき、住所変更、カードをなくしたときの手続き

- 図書館カードは３年ごとに住所確認手続きが必要です。登録されている内容に変更がないか確認を行います。手続きをするときは、氏名・住所が確認できる書類をお持ちください。
- 図書館カードは中央図書館、市内公民館図書室共通で利用できます。３年ごとに住所確認のうえ、続けて利用できますので、なくさないようお願いいたします。
- 住所や電話番号等、登録内容に変更があった場合はカウンターにて変更手続きを行ってください。また、利用資格がなくなった場合は、図書館カードを図書館へお返しください。
- 図書館カードを紛失※された場合は、すぐに紛失届けを提出してください。カードをもう一度新しく作ってお渡しするには、紛失届け を提出された日から１週間かかります。

※紛失…なくすこと

T3-1 ～ 3-9

問題 1

問題 1 では、まず質問を聞いてください。それから話を聞いて、問題用紙の 1 から 4 の中から、最もよいものを一つえらんでください。

れい

1　10 時

2　6 時

3　7 時

4　6 時半

1ばん

1　弁当(べんとう)を作(つく)る

2　病院(びょういん)へ行(い)く

3　銀行(ぎんこう)へ行(い)く

4　洗濯物(せんたくもの)を干(ほ)す

2ばん

1　友(とも)だちに会(あ)いに行(い)く

2　バイトに行(い)く

3　家(いえ)に帰(かえ)って、犬(いぬ)を散歩(さんぽ)に連(つ)れていく

4　犬(いぬ)を予防注射(よぼうちゅうしゃ)に連(つ)れていく

3 ばん

1　30分以内

2　30分以上

3　30分だが、30分ずつのばすこともできる

4　15分だが、30分ずつのばすこともできる

4 ばん

5ばん

1　夕方(ゆうがた)5時(じ)ごろ

2　午後(ごご)4時(じ)ごろ

3　午後(ごご)3時(じ)ごろ

4　お昼(ひる)の12時(じ)ごろ

6ばん

1

2

3

4

問題 2

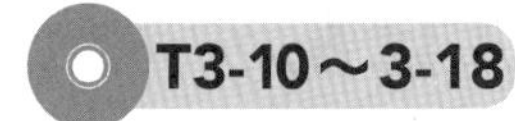

問題２では、まず質問を聞いてください。そのあと、問題用紙を見てください。読む時間があります。それから話を聞いて、問題用紙の１から４の中から、最もよいものを一つえらんでください。

れい

1　レポートを書くのに時間がかかったから

2　ゲームをしていたから

3　ずっとコンビニにいたから

4　近くの店でお酒を飲んでいたから

1ばん

1　タバコ

2　スポーツ

3　甘いもの

4　仕事

2ばん

1　日本語の意味

2　翻訳者の名前

3　二つの翻訳のどちらが新しいか

4　中国語の単語の意味

3 ばん

1　傘(かさ)を自分(じぶん)の体(からだ)の前(まえ)に持(も)つ

2　傘(かさ)の先(さき)を上(うえ)に向(む)けて持(も)つ

3　傘(かさ)の先(さき)を後(うし)ろに向(む)けて持(も)つ

4　傘(かさ)の先(さき)を下(した)に向(む)けて持(も)つ

4 ばん

1　科学(かがく)の本(ほん)

2　歴史(れきし)の本(ほん)

3　事実(じじつ)が書(か)かれた本(ほん)

4　小説(しょうせつ)

5ばん

1　全生徒の成績が上がった。

2　学力が低いグループの生徒の成績が上がった。

3　学力が高いグループの生徒の成績が上がった。

4　成績にはほとんど影響がなかった。

6ばん

1　田中さんと山口さんがケンカをしたから。

2　3人で会社の近くにご飯を食べに行ったから

3　3人でお酒を飲みながら旅行の相談をしていたから

4　カラオケに行ったから

問題3

問題３では、問題用紙に何もいんさつされていません。この問題は、ぜんたいとしてどんなないようかを聞く問題です。話の前に質問はありません。まず話を聞いてください。それから質問とせんたくしを聞いて、１から４の中から、最もよいものを一つえらんでください。

— メモ —

問題 4

T3-24～3-29

問題4では、えを見ながら質問を聞いてください。やじるし（➡）の人は何と言いますか。1から3の中から、最もよいものを一つえらんでください。

れい

1ばん

2ばん

3 ばん

4 ばん

問題 5

問題 5 では、問題用紙には何もいんさつされていません。まず文を聞いてください。それから、そのへんじを聞いて、1 から 3 の中から、最もよいものを一つえらんでください。

— メモ —

答對：／33題

測驗日期：___月___日

第四回

言語知識（文字、語彙）

問題1　_____のことばの読み方として最もよいものを、1・2・3・4からえらびなさい。

1 その道は<u>一方通行</u>です。

1　いっぽつうこお　　2　いっぽうつうこう

3　いっぽつこう　　4　いっぽつうこう

2 もうすぐ、夏の<u>祭り</u>が始まる。

1　まつり　　2　まいり　　3　まいり　　4　かざり

3 彼女が着る洋服は<u>派手</u>だ。

1　はしゅ　　2　はて　　3　はじゅ　　4　はで

4 その<u>美容師</u>は、とても人気がある。

1　ぴようし　　2　びよおし　　3　びようし　　4　びょうし

5 <u>努力</u>をすることはとても大事です。

1　どりく　　2　どりょく　　3　どりよく　　4　どうりょく

6 彼は新しい<u>方法</u>を使って成功した。

1　ほうほお　　2　ほうぼう　　3　ほうほう　　4　ぼうぼう

7 <u>本日</u>、3時にお伺いいたします。

1　ほんじつ　　2　きょう　　3　ほんにち　　4　ほんび

8 お金を<u>無駄</u>にしないように注意しよう。

1　ぶじ　　2　まだ　　3　むだ　　4　ぶだ

問題２ ＿＿＿のことばを漢字で書くとき、最もよいものを、１・２・３・４から一つえらびなさい。

9 どうぞよろしくお願いいたします。

1 致し　2 枚し　3 至し　4 倒し

10 選手がにゅうじょうしてきた。

1 人坂　2 入浴　3 人場　4 入場

11 多くの乗客を乗せて新幹線がはっしゃした。

1 発行　2 発車　3 発射　4 発社

12 彼はつみに問われた。

1 罰　2 置　3 罪　4 署

13 私のはんだんは、間違っていなかった。

1 半段　2 判断　3 版談　4 反談

14 しょるいに、名前を書いた。

1 書類　2 書数　3 書頭　4 署類

問題３（　　）に入れるのに最もよいものを、１・２・３・４から一つえらびなさい。

15 そのすばらしい芝居に（　　）が鳴り止まなかった。

1 拍手　　2 大声　　3 足音　　4 頭痛

16 かわいそうな話を聞いて、涙が（　　）こぼれた。

1 ぽろぽろ　　2 するする　　3 からから　　4 きりきり

17 外国人が、（　　）のお巡りさんに道を聞いている。

1 消防署　　2 郵便局　　3 派出所　　4 市役所

18 つい（　　）な仕事を引き受けてしまった。

1 批判　　2 懸命　　3 必要　　4 面倒

19 彼は作品に対する理解（　　）がある。

1 面　　2 力　　3 点　　4 観

20 ペットボトルなどの（　　）に協力してください。

1 リサイクル　　2 ラップ　　3 インスタント　　4 オペラ

21 オーケストラの（　　）に、耳を傾ける。

1 出演　　2 予習　　3 合唱　　4 演奏

22 身の回りを（　　）整理しなさい。

1 にこりと　　2 ずらっと　　3 きちんと　　4 がらりと

23 病気に（　　）と、体力が落ちるので注意しよう。

1 かかる　　2 せめる　　3 たかる　　4 すすむ

問題４　＿＿＿に意味が最も近いものを、１・２・３・４から一つえらびなさい。

24　日曜日(にちようび)に、友達(ともだち)の家(いえ)を<u>訪問(ほうもん)した</u>。

1　たずねた　2　さがした　3　そうじした　4　なおした

25　彼(かれ)は<u>愉快(ゆかい)な</u>人だ。

1　たのしい　2　くらい　3　まじめな　4　やさしい

26　急(きゅう)に<u>やる気(き)</u>が出(で)て、一生懸命(いっしょうけんめい)に勉強(べんきょう)した。

1　気分　2　目標
3　積極的(せっきょくてき)な気持(きも)ち　4　消極的(しょうきょくてき)な気持(きも)ち

27　彼にボールを<u>ぶつけた</u>。

1　ひろった　2　投げた　3　受け取った　4　当てた

28　そうじの方法(ほうほう)について、昨日(きのう)、みんなで<u>相談した</u>。

1　てつだった　2　話し合った　3　聞いた　4　命令(めいれい)した

回數 1 2 3 4 5 6

問題5　つぎのことばの使い方として最もよいものを、１・２・３・４から一つえらびなさい。

29　まかせる

1　願いをまかせるために、神社に行ってお祈りをした。

2　あなたになら、この難しい仕事をまかせることができる。

3　つらい思い出をまかせることはなかなかできないだろう。

4　その料理はレシピを見れば、かんたんにまかせると思う。

30　経営

1　テレビを経営すると知識が増える。

2　勉強をはやく経営したいと思っている。

3　私の父はラーメン店を経営している。

4　お湯が早くわくように経営しなさい。

31　命令

1　「そこで止まれ。」と命令した。

2　「好きなようにしていいよ。」と命令した。

3　「今朝は何時に起きたの。」と命令した。

4　「ごめんなさい。」と母に命令した。

32　煮える

1　野菜がおいしそうに煮えてきた。

2　魚を煮える煙がもうもうと部屋に満ちている。

3　外で、ゆっくり煮えるようにしなさい。

4　部屋のすみに、よく煮える物をおくといいです。

33　苦手

1　これから苦手な方法を説明します。

2　さっそく、苦手にとりかかります。

3　彼女はピアノの先生になるほど、ピアノが苦手だ。

4　わたしは、漢字を書くのが苦手だ。

答對：
／39 題

言語知識（文法）・読解

問題1　つぎの文の（　　）に入れるのに最もよいものを、1・2・3・4から一つえらびなさい。

1　夏生まれの母は、暑くなるに（　　　）元気になる。

1　しても　　2　ついて　　3　したら　　4　したがって

2　A「あなたのご都合はいかがですか。」
B「はい、私は大丈夫です。社長のご都合がよろしければ、明日（　　　）と、お伝えください。」

1　おいでます　　2　伺います　　3　参りました　　4　いらっしゃる

3　A「その机を運ぶの？　石黒（いしぐろ）くんに手伝ってもらったらどう。」
B「あら、体が大きいからって、力が強い（　　　）わ。」

1　はずがない　　2　はずだ　　3　とは限らない　　4　に決まってる

4　A「今日は、20分でお弁当を作る方法をお教えします。」
B「まあ、それは、忙しい主婦に（　　　）、とてもうれしいことです。」

1　とって　　2　ついて　　3　しては　　4　おいて

5　明日から試験だからって、ご飯の片付け（　　　）できるでしょ。

1　まで　　2　ぐらい　　3　でも　　4　しか

6　展覧会は、9月の5日から10日間に（　　　）開かれるそうです。

1　ついて　　2　までに　　3　通じて　　4　わたって

7　今度のテストには、1学期の範囲（　　　）、2学期の範囲も出るそうだよ。

1　だけで　　2　だけでなく　　3　くらい　　4　ほどでなく

8　母「夕ご飯を何にするか、まだ決めてないのよ。」
子ども「じゃ、ぼくに（　　　）。カレーがいいよ。」

1　決めて　　2　決まって　　3　決めさせて　　4　決められて

文法

9 彼女は台湾から来たばかり（　　　）、とても日本語が上手です。

1　なのに　　2　なので　　3　なんて　　4　などは

10 A「日曜日の朝は、早いよ。」

B「大丈夫だよ。ゴルフの（　　　）どんなに早くても。」

1　ために　　2　せいなら　　3　せいで　　4　ためなら

11 天気予報では、「明日は晴れ。ところ（　　　）雨。」って言ってたよ。

1　により　　2　では　　3　なら　　4　について

12 大事な花瓶を割って（　　　）。ごめんなさい。

1　ちまった　　2　しまった　　3　みた　　4　おいた

13 この計画に（　　　）意見があれば述べてください。

1　よって　　2　しては　　3　対して　　4　しても

問題２　つぎの文の＿★＿に入る最もよいものを、１・２・３・４から一つえらびなさい。

（問題例）

A「＿＿＿　＿＿＿　＿★＿　＿＿＿　か。」

B「はい、だいすきです。」

1　すき　　2　ケーキ　　3　は　　4　です

（解答のしかた）

1.　正しい答えはこうなります。

A「＿＿＿　＿＿＿　＿★＿　＿＿＿　か。」
　　2　ケーキ　3　は　1　すき　4　です
B「はい、だいすきです。」

2.　＿★＿に入る番号を解答用紙にマークします。

（解答用紙）

（例）	● ② ③ ④

14　明日から試験なので、今夜は＿＿＿　＿＿＿　＿★＿　＿＿＿。

1　しない　　2　いかない　　3　わけには　　4　勉強

15　なんと言われても、＿＿＿　＿★＿　＿＿＿　＿＿＿いる。

1　しない　　2　ことに　　3　して　　4　気に

16　姉が作るお菓子＿＿＿　＿＿＿　＿★＿　＿＿＿ない。

1　は　　2　ぐらい　　3　もの　　4　おいしい

17　今ちょうど母から＿＿＿　＿＿＿　＿＿＿　＿★＿です。

1　かかった　　2　電話　　3　が　　4　ところ

18　毎日＿＿＿　＿＿＿　＿★＿　＿＿＿ピアノも上手に弾けるようになります。

1　ように　　2　と　　3　練習する　　4　する

問題３　次の文章を読んで、文章全体の内容を考えて、[19] から [23] の中に入る最もよいものを、１・２・３・４から一つえらびなさい。

下の文章は、留学生のサリナさんが、旅行先で知り合った鈴木さんに出した手紙である。

暑くなりましたが、お元気ですか。

山登りの際には、いろいろとお世話になりました。山を下りてから、急におなかが [19] 困っていた時、車でホテルまで送っていただいたので、とても助かりました。次の日に病院へ行くと、「急に暑くなって、冷たい飲み物 [20] 飲んでいたので、調子が悪くなったのでしょう。たぶん一種の風邪ですね。」と医者に言われました。翌日、一日 [21] すっかり治って、いつも通り大学にも行くことができました。おかげさまで、今はとても元気です。

私の大学ではもうすぐ文化祭が [22] 。学生たちはそれぞれ、いろいろな準備に追われています。私は一年生なので、上級生ほど大変ではありませんが、それでも、文化祭の案内状やポスターを作ったり、演奏の練習をしたり、忙しい毎日です。

鈴木さんが [23] にいらっしゃる時は、ぜひ連絡をください。またお会いできることを楽しみにしています。

サリナ・スリナック

19

1 痛い　2 痛いから　3 痛くない　4 痛くなって

20

1 ばかり　2 だけ　3 しか　4 ぐらい

21

1 休めば　2 休んだら　3 休むなら　4 休みなら

22

1 始めます　2 始まります　3 始まっています　4 始めています

23

1 あちら　2 こちら　3 そちら　4 どちら

読解

問題4　次の（1）から(4)の文章（ぶんしょう）を読んで、質問に答えなさい。答えは、1・2・3・4から最もよいものを一つえらびなさい。

(1)

日本で、東京と横浜の間に電話が開通したのは1890年です。当時、電話では「もしもし」ではなく、「もうす、もうす(申す、申す)」「もうし、もうし(申し、申し)」とか「おいおい」と言っていたそうです。その当時、電話はかなりお金持ちの人しか持てませんでしたので、「おいおい」と言っていたのは、ちょっといばっていたのかもしれません。それがいつごろ「もしもし」に変わったかについては、よくわかっていません。たくさんの人がだんだん電話を使うようになり、いつのまにかそうなっていたようです。

この「もしもし」という言葉は、今は電話以外ではあまり使われませんが、例えば、前を歩いている人が切符を落とした時に、「もしもし、切符が落ちましたよ。」というように使うことがあります。

24　そうなっていたは、どんなことをさすのか。

1　電話が開通したこと

2　人々がよく電話を使うようになったこと

3　お金持ちだけでなく、たくさんの人が電話を使うようになったこと

4　電話をかける時に「もしもし」と言うようになったこと

(2)

「ペットボトル」の「ペット」とは何を意味しているのだろうか。もちろん動物のペットとはまったく関係がない。

ペットボトルは、プラスチックの一種であるポリエチレン・テレフタラート（Polyethylene terephthalate）を材料として作られている。実は、ペットボトルの「ペット（pet）」は、この語の頭文字などをとったものだ。ちなみに「ペットボトル」という語と比べて、多くの国では「プラスチック　ボトル（plastic bottle）」と呼ばれているということである。

ペットボトルは日本では1982年から飲料用に使用することが認められ、今や、お茶やジュース、しょうゆやアルコール飲料などにも使われていて、毎日の生活になくてはならない存在である。

25 「ペットボトル」の「ペット」とは、どこから来たのか。

1　動物の「ペット」の意味からきたもの

2　「plastic bottle」を省略したもの

3　1982年に、日本のある企業が考え出したもの

4　ペットボトルの材料「Polyethylene terephthalate」の文字からとったもの

(3) レストランの入り口に、お知らせが貼ってある。

お知らせ

2015年8月1日から10日まで、ビル外がわの階段工事を行います。ご来店のみなさまには、大変ご迷惑をおかけいたしますが、どうぞよろしくお願い申し上げます。

なお、工事期間中は、お食事をご注文のお客様に、コーヒーのサービスをいたします。
みなさまのご来店を、心よりお待ちしております。

レストラン　サンセット・クルーズ
店主　山村

26 このお知らせの内容と、合っているものはどれか。

1 レストランは、8月1日から休みになる。

2 階段の工事には、10日間かかる。

3 工事の間は、コーヒーしか飲めない。

4 工事中は、食事ができない。

(4) これは、野口さんに届いたメールである。

結婚お祝いパーティーのご案内

[koichi.mizutani @xxx.ne.jp]
送信日時：2015/8/10（月）10:14
宛先：2015danceclub@members.ne.jp

このたび、山口友之（やまぐちともゆき）さんと三浦千恵（みうらちえ）さんが結婚されることになりました。
つきましてはお祝いのパーティーを行いたいと思います。

日時　2015年10月17日（土）18:00～
場所　ハワイアンレストラン HuHu（新宿）
会費　5000円

出席か欠席かのお返事は、8月28日（金）までに、水谷 koichi.mizutani@xxx.ne.jp に、ご連絡ください。
楽しいパーティーにしたいと思います。ぜひ、ご参加ください。

世話係
水谷高一
koichi.mizutani@xxx.ne.jp

---

27 このメールの内容で、正しくないのはどれか。

1 山口友之さんと三浦千恵さんは、8月10日（月）に結婚した。

2 パーティーは、10月17日（土）である。

3 パーティーに出席するかどうかは、水谷さんに連絡をする。

4 パーティーの会費は、5,000円である。

問題5　つぎの(1)と(2)の文章を読んで、質問に答えなさい。答えは、1・2・3・4から最もよいものを一つえらびなさい。

(1)

日本では毎日、数千万人もの人が電車や駅を利用しているので、①もちろんのことですが、毎日のように多くの忘れ物が出てきます。

JR東日本※の方に聞いてみると、一番多い忘れ物は、マフラーや帽子、手袋などの衣類、次が傘だそうです。傘は、年間約30万本も忘れられているということです。雨の日や雨上がりの日などには、「傘をお忘れになりませんように。」と何度も車内アナウンスが流れるほどですが、②効果は期待できないようです。

ところで、今から100年以上も前、初めて鉄道が利用されはじめた明治時代には、③現代では考えられないような忘れ物が、非常に多かったそうです。

その忘れ物とは、いったい何だったのでしょうか。

それは靴（履き物）です。当時はまだ列車に慣れていないので、間違えて、駅で靴を脱いで列車に乗った人たちがいたのです。そして、降りる駅で、履きものがない、と気づいたのです。

日本では、家にあがるとき、履き物を脱ぐ習慣がありますので、つい、靴をぬいで列車に乗ってしまったということだったのでしょう。

※JR東日本…日本の鉄道会社名

28 ①もちろんのこととは、何か。

1 毎日、数千万人もの人が電車を利用していること

2 毎日のように多くの忘れ物が出てくること

3 特に衣類の忘れ物が多いこと

4 傘の忘れ物が多いこと

29 ②効果は期待できないとはどういうことか。

1 衣類の忘れ物がいちばん多いということ

2 衣類の忘れ物より傘の忘れ物の方が多いこと

3 傘の忘れ物は少なくならないということ

4 車内アナウンスはなくならないということ

30 ③現代では考えられないのは、なぜか。

1 鉄道が利用されはじめたのは、100 年以上も前だから

2 明治時代は、車内アナウンスがなかったから

3 現代人は、靴を脱いで電車に乗ることはないから

4 明治時代の日本人は、履き物を脱いで家に上がっていたから

(2)

挨拶（あいさつ）は世界共通の行動であるらしい。ただ、その方法は、社会や文化の違い、挨拶する場面によって異なる。日本で代表的な挨拶といえばお辞儀[※1]であるが、西洋でこれに代わるのは握手である。また、タイでは、体の前で両手を合わせる。変わった挨拶としては、ポリネシアの挨拶が挙げられる。ポリネシアでも、現代では西洋的な挨拶の仕方に変わりつつあるそうだが、①伝統的な挨拶は、お互いに鼻と鼻を触れ合わせるのである。

日本では、相手に出会う時間や場面によって、挨拶が異なる場合が多い。

朝は「おはよう」や「おはようございます」である。これは、「お早くからご苦労様です」などを略したもの、昼の「こんにちは」は、「今日（こんにち）はご機嫌いかがですか」などの略である。そして、夕方から夜にかけての「こんばんは」は、「今晩は良い晩ですね」などが略されて短い挨拶の言葉になったと言われている。

このように、日本の挨拶の言葉は、相手に対する感謝やいたわり[※2]の気持ち、または、相手の体調などを気遣う[※3]気持ちがあらわれたものであり、お互いの人間関係をよくする働きがある。時代が変わっても、お辞儀や挨拶は、最も基本的な日本の慣習[※4]として、ぜひ残していきたいものである。

※1　お辞儀…頭を下げて礼をすること。
※2　いたわり…親切にすること。
※3　気遣う…相手のことを考えること。
※4　慣習…社会に認められている習慣。

31 ポリネシアの①伝統的な挨拶は、どれか。

1 お辞儀をすること　2 握手をすること

3 両手を合わせること　4 鼻を触れ合わせること

32 日本の挨拶の言葉は、どんな働きを持っているか。

1 人間関係がうまくいくようにする働き

2 相手を良い気持ちにさせる働き

3 相手を尊重する働き

4 日本の慣習をあとの時代に残す働き

33 この文章に、書かれていないことはどれか。

1 挨拶（あいさつ）は世界共通だが、社会や文化によって方法が違う。

2 日本の挨拶（あいさつ）の言葉は、長い言葉が略されたものが多い。

3 目上の人には、必ず挨拶（あいさつ）をしなければならない。

4 日本の挨拶（あいさつ）やお辞儀は、ずっと残していきたい。

讀解

問題6　つぎの文章(ぶんしょう)を読んで、質問に答えなさい。答えは、1・2・3・4から最もよいものを一つえらびなさい。

「必要は発明の母」という言葉がある。何かに不便を感じてある物が必要だと感じることから発明が生まれる、つまり、必要は発明を生む母のようなものである、という意味である。電気洗濯機も冷蔵庫も、ほとんどの物は必要から生まれた。

しかし、現代では、必要を感じる前に次から次に新しい製品が生まれる。特にパソコンや携帯電話などの情報機器※がそうである。①その原因はいろいろあるだろう。

第一に考えられるのは、明確な目的を持たないまま機械を利用している人々が多いからであろう。新製品を買った人にその理由を聞いてみると、「新しい機能がついていて便利そうだから」とか、「友だちが持っているから」などだった。その機能が必要だから買うのではなく、ただ単に珍しいからという理由で、周囲に流されて買っているのだ。

第二に、これは、企業側の問題なのだが、②企業が新製品を作る競争をしているからだ。人々の必要を満たすことより、売れることを目指して、不必要な機能まで加えた製品を作る。その結果、人々は、機能が多すぎてかえって困ることになる。③新製品を買ったものの、十分に使うことができない人たちが多いのはそのせいだ。

次々に珍しいだけの新製品が開発されるため、古い携帯電話やパソコンは捨てられたり、個人の家の引き出しの中で眠っていたりする。ひどい資源のむだづかいだ。

確かに、生活が便利であることは重要である。便利な生活のために機械が発明されるのはいい。しかし、必要でもない新製品を作り続けるのは、もう、やめてほしいと思う。

※情報機器…パソコンや携帯電話など、情報を伝えるための機械。

34 ①その原因は、何を指しているか。

1 ほとんどの物が必要から生まれたものであること

2 パソコンや携帯電話が必要にせまられて作られること

3 目的なしに機械を使っている人が多いこと

4 新しい情報機器が次から次へと作られること

35 ②企業が新製品を作る競争をしている目的は何か。

1 技術の発展のため

2 工業製品の発明のため

3 多くの製品を売るため

4 新製品の発表のため

36 ③新製品を買ったものの、十分に使うことができない人たちが多いのは、なぜか

1 企業側が、製品の扱い方を難しくするから

2 不必要な機能が多すぎるから

3 使う方法も知らないで新製品を買うから

4 新製品の説明が不足しているから

37 この文章の内容と合っていないのはどれか。

1 明確な目的・意図を持たないで製品を買う人が多い。

2 新製品が出たら、使い方をすぐにおぼえるべきだ。

3 どの企業も新製品を作る競争をしている。

4 必要もなく新製品を作るのは資源のむだ使いだ。

問題7　右のページは、あるNPOが留学生を募集するための広告である。これを読んで、下の質問に答えなさい。答えは、1・2・3・4から最もよいものを一つえらびなさい。

38　東京に住んでいる留学生のジャミナさんは、日本語学校の夏休みにホームステイをしたいと思っている。その前に、北海道の友達の家に遊びに行くため、北海道までは一人で行きたい。どのプランがいいか。

1　Aプラン　　2　Bプラン　　3　Cプラン　　4　Dプラン

39　このプログラムに参加するためには、いつ申し込めばいいか。

1　8月20日までに申し込む。
2　6月23日が締め切りだが、早めに申し込んだ方がいい。
3　夏休みの前に申し込む。
4　6月23日の後で、できるだけ早く申し込む。

2015年　第29回夏のつどい留学生募集案内

北海道ホームステイプログラム「夏のつどい※1」

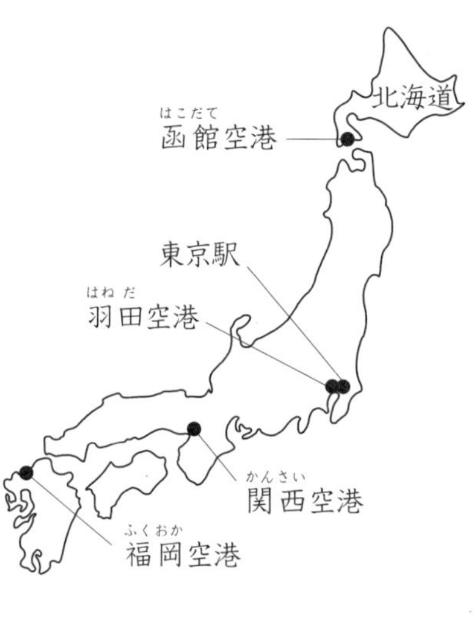

日程　8月20日（木）～ 9月2日（水）14泊15日	
募集人数	100名
参加費	Aプラン 68,000円 （東京駅集合・関西空港解散） Bプラン 65,000円 （東京駅集合・羽田空港解散） Cプラン 70,000円 （福岡空港集合・福岡空港解散） Dプラン 35,000円 （函館駅集合・現地※2解散※3）
定員	100名
申し込み 締め切り	6月23日（火）まで

※毎年大人気のプログラムです。締め切りの前に定員に達する場合もありますので、早めにお申し込みください。

申し込み・問い合わせ先
（財）北海道国際文化センター
〒040-0054 函館市元町××一1
Tel：0138-22-××××　Fax：0138-22-××××　http://www.×××.or.jp/
E-mail：×××@hif.or.jp

※1　つどい…集まり
※2　現地…そのことを行う場所。
※3　解散…グループが別れること

答對：

／27 題

T4-1 ～ 4-9

問題 1

問題 1 では、まず質問を聞いてください。それから話を聞いて、問題用紙の 1 から 4 の中から、最もよいものを一つえらんでください。

れい

1　10 時

2　6 時

3　7 時

4　6 時半

回數

1

2

3

4

5

6

1ばん

1　4こ

2　10こ

3　5こ

4　12こ

2ばん

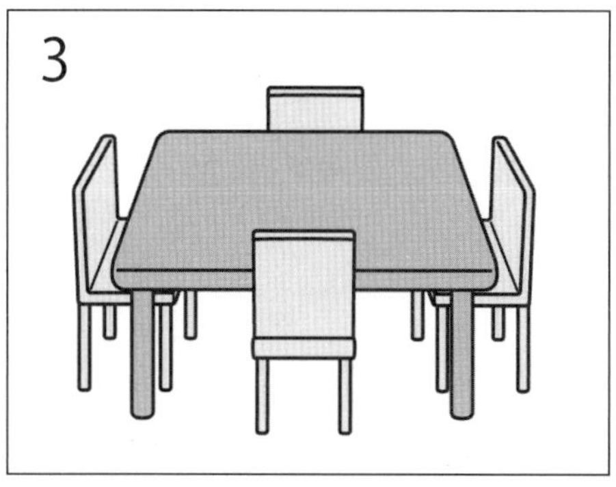
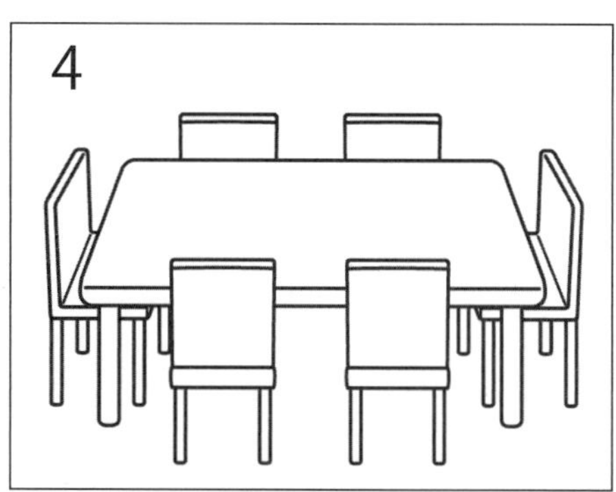

3ばん

1　車を借りに行く

2　朝ごはんを作る

3　掃除をする

4　飛行場に迎えに行く

4ばん

1　変

2　楽

3　止

4　動

5 ばん

1　10時(じ) 11分(ぷん)

2　10時(じ) 23分(ぷん)

3　10時(じ) 49分(ふん)

4　11時(じ) 00分(ふん)

6 ばん

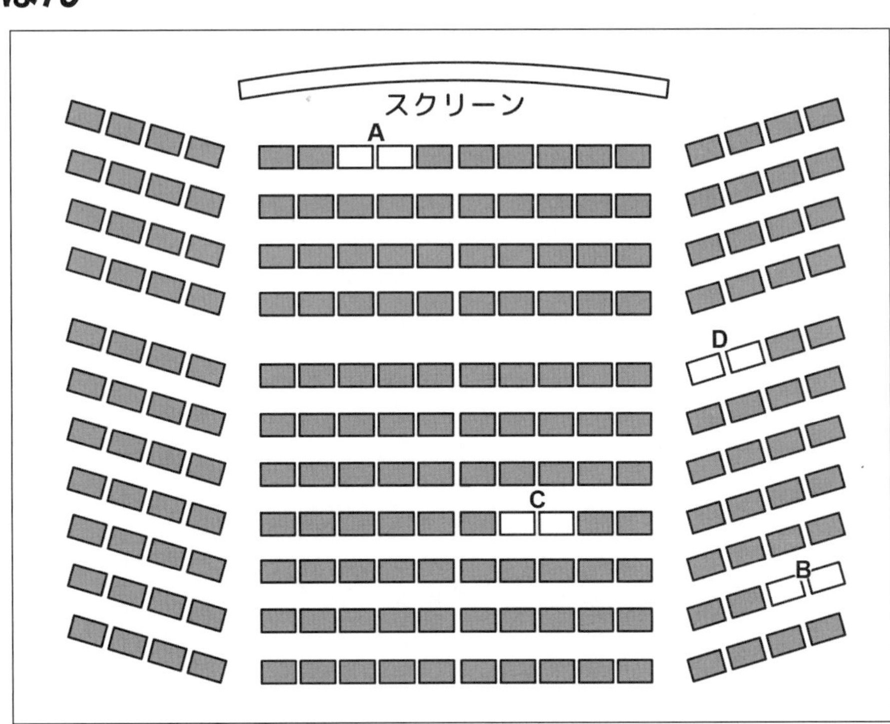

問題 2

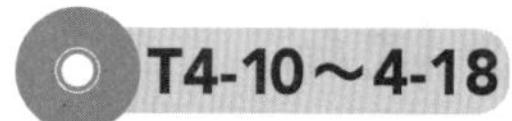

問題2では、まず質問を聞いてください。そのあと、問題用紙を見てください。読む時間があります。それから話を聞いて、問題用紙の1から4の中から、最もよいものを一つえらんでください。

れい

1 レポートを書くのに時間がかかったから

2 ゲームをしていたから

3 ずっとコンビニにいたから

4 近くの店でお酒を飲んでいたから

1ばん

1　気持ちよく大きな声で話してほしい

2　もっと努力をしてほしい

3　早く仕事を覚えてほしい

4　お客に清潔な印象を与えるようにしてほしい

2ばん

1　暗い気持ちで過ごすこと

2　よく笑うこと

3　一日最低1時間以上は歩くこと

4　自分に厳しくしないこと

3ばん

1　子どもの学校にいく

2　パソコンと書類を女の人の会社に運ぶ

3　英語を教える

4　女の人の会社まで車で送る

4ばん

1　電話かインターネットで予約をする

2　代表者を一人決めて、あとで変えないようにする

3　メールで予約したら、あとで、電話で確認する

4　会議室を使わなくなった場合は、連絡をする

5 ばん

1　じゃがいも

2　牛肉(ぎゅうにく)

3　砂糖(さとう)

4　鳥肉(とりにく)

6 ばん

1　社長(しゃちょう)のノートをなくしたから

2　山下(やました)さんが失敗(しっぱい)をしたから

3　仕事(しごと)に慣(な)れていないから

4　社員(しゃいん)にきびしすぎるから

問題 3

問題３では、問題用紙に何もいんさつされていません。この問題は、ぜんたいとしてどんなないようかを聞く問題です。話の前に質問はありません。まず話を聞いてください。それから、質問とせんたくしを聞いて、１から４の中から、最もよいものを一つえらんでください。

— メモ —

問題（もんだい）4

T4-24～4-29

問題（もんだい）4では、えを見（み）ながら質問（しつもん）を聞（き）いてください。やじるし（➡）の人（ひと）は何（なん）と言（い）いますか。1から3の中（なか）から、最（もっと）もよいものを一（ひと）つえらんでください。

れい

1ばん

2ばん

3 ばん

4 ばん

問題 5

T4-30～4-39

問題5では、問題用紙に何もいんさつされていません。まず文を聞いてください。それから、そのへんじを聞いて、1から3の中から、最もよいものを一つえらんでください。

— メモ —

MEMO

答對：
／33 題

測驗日期：___月___日

文字・語彙

第五回

言語知識（文字、語彙）

問題１　＿＿＿のことばの読み方として最もよいものを、１・２・３・４から一つえらびなさい。

1　あたたかい<u>毛布</u>をお貸しします。

1　もおふ　　2　ふとん　　3　もふう　　4　もうふ

2　<u>筋肉</u>を強くする。

1　からだ　　2　きんにく　　3　きんじょ　　4　きんこつ

3　お年寄りに席を<u>譲る</u>。

1　かける　　2　ゆずる　　3　まける　　4　けずる

4　よい知らせを聞いて、<u>喜び</u>がこみあげる。

1　よろこび　　2　ほころび　　3　うれしび　　4　せつび

5　私は、日本に<u>留学</u>したいと思っている。

1　るがく　　2　りゆうがく　　3　りゅうがく　　4　りゅがく

6　彼女は<u>礼儀</u>正しい人だ。

1　れいき　　2　れいぎ　　3　れんぎ　　4　れえぎ

7　<u>列車</u>の時刻に遅れてはならない。

1　れつしや　　2　れえしゃ　　3　れつしゃ　　4　れっしゃ

8　<u>作法</u>にしたがって日本の料理をいただく。

1　さほお　　2　さくほう　　3　さほう　　4　さぼう

問題2　＿＿＿のことばを漢字で書くとき、最もよいものを、１・２・３・４から一つえらびなさい。

9　東北地方で大きな地震がおこる。

1　走る　2　超こる　3　起こる　4　怒る

10　将来のもくひょうを持って過ごすことが大事だ。

1　目標　2　目表　3　目評　4　目票

11　５月５日の遊園地は、大人も子どももむりょうだそうだ。

1　無科　2　夢科　3　夢料　4　無料

12　彼の絵は高いひょうかを受けた。

1　評化　2　評価　3　表価　4　評判

13　品質をほしょうされた製品。

1　保正　2　保賞　3　保証　4　補証

14　入院のひようを支払う。

1　費用　2　費要　3　必用　4　必要

問題３　（　　）に入れるのに最もよいものを、1・2・3・4から一つえらびなさい。

15　（　　）のためには手段（しゅだん）を選（えら）ばない。

1　関心　　2　大事　　3　参考　　4　目的（もくてき）

16　彼（かれ）は雨がやむのを木の下で（　　）待った。

1　さっと　　2　じっと　　3　きっと　　4　おっと

17　（　　）できる先輩に相談にのってもらった。

1　信頼　　2　主張　　3　生産　　4　証明

18　台風が近付いているので、これからますます雨が（　　）なるだろう。

1　高く　　2　悲しく　　3　激しく　　4　つらく

19　劇場には満員（まんいん）（　　）礼（れい）の札（ふだ）が出（だ）された。

1　御（おん）　　2　尊（そん）　　3　明（めい）　　4　多（た）

20　彼は（　　）がある人なので、みんなの人気者だ。

1　チェック　　2　イコール　　3　ブログ　　4　ユーモア

21　困（こま）っていたことが、やっと（　　）したので、ほっとした。

1　連絡（れんらく）　　2　約束（やくそく）　　3　保存（ほぞん）　　4　解決（かいけつ）

22　あれから（　　）あなたの帰（かえ）りを待（ま）っていた。

1　きっと　　2　ずっと　　3　はっと　　4　さっと

23　昨日の会議で決まったことを（　　）いたします。

1　教育　　2　講義　　3　報告　　4　研究

問題４　＿＿＿に意味が最も近いものを、１・２・３・４から一つえらびなさい。

24 妹の提案に反対した。

1　同じ意見を言った　　2　違う意見を言った

3　みんなで意見を言った　　4　賛成した

25 彼女と私は、とても親しい。

1　仲が悪い　　2　つめたい　　3　仲がいい　　4　安心だ

26 彼には欠点は何もない。

1　優れたところ　　2　よいところ　　3　完全なところ　　4　よくないところ

27 地震で家がゆれたので、外に飛び出した。

1　ぐらぐら動いた　　2　たおれた　　3　火事になった　　4　なくなった

28 駅の近くで、彼を見かけた。

1　ちょっと見た　　2　やっと見た　　3　はじめて見た　　4　よく見た

問題５　つぎのことばの使い方として最もよいものを、１・２・３・４から一つえらびなさい。

29 履く

1 彼女はいつもすてきな服を履いている。
2 日差しが強いので、帽子を履くつもりだ。
3 今日は遠くまで行くので、歩きやすい靴を履いていく。
4 人に風邪をうつさないように、今日はマスクを履いていこう。

30 注文（ちゅうもん）

1 彼女は小さいとき、先生になりたいと注文していた。
2 わたしの注文は、何事にも驚かないことです。
3 彼（かれ）は注文が深いので、どこへ行っても大丈夫だ。
4 近所のそば屋（や）で、おいしそうなおそばを注文した。

31 似合う（にあ）

1 「あなたの成績（せいせき）は非常に似合う。」と、先生（せんせい）に言われた。
2 「その兄弟は、顔がとても似合っている。」と、みんなが言う。
3 「この薬（くすり）はあなたの傷（きず）に似合います。」と、医者が言（い）った。
4 「君にはピンクの服がよく似合うよ。」と、彼にほめられた。

32 済ませる（す）

1 用事（ようじ）を済ませたので、二人でゆっくり話（はなし）ができそうだ。
2 耳（みみ）を済ませると、かすかな波の音（おと）が聞（き）こえてくる。
3 夕ご飯が済ませたので、そろそろお風呂に入ろう。
4 棚のお菓子を一人で食べた弟は、済ませた顔をしている。

33 新鮮（しんせん）

1 新鮮な洋服（ようふく）が気（き）に入（い）って買い求めた。
2 新鮮な森（もり）と湖（みずうみ）のあるところに旅行（りょこう）した。
3 新鮮な野菜（やさい）と果物（くだもの）を買ってきた。
4 新鮮な机（つくえ）を買ってもらったので、うれしい。

答對：

／39 題

言語知識（文法）・讀解

問題１　つぎの文の（　　）に入れるのに最もよいものを、１・２・３・４から一つえらびなさい。

1　私は小学校のときは、病気（　　）病気をしたことがなかった。

1　らしく　　2　らしい　　3　みたいな　　4　ような

2　今、友だちに私の新しいアパートを探して（　　）います。

1　あげて　　2　差し上げて　　3　もらって　　4　おいて

3　先生がかかれたその絵を、（　　）いただけますか。

1　拝見して　　2　見て　　3　拝見すると　　4　拝見させて

4　友だちと遊んでいる（　　）、母から電話がかかった。

1　ふと　　2　最中に　　3　さっさと　　4　急に

5　骨折して入院していましたが、やっと自分で（　　）ようになりました。

1　歩ける　　2　歩かる　　3　歩けて　　4　歩かられる

6　車で（　　）お客様は、絶対にお酒を飲んではいけません。

1　使う　　2　伺う　　3　来ない　　4　いらっしゃる

7　十分練習した（　　）、１回戦で負けてしまった。

1　はずだから　　2　のでは　　3　はずなのに　　4　つもりで

8　どうぞ、係の者になんでもお聞き（　　）ください。

1　して　　2　になって　　3　になさって　　4　されて

9　朝早く起きた（　　）、今日は一日中眠かった。

1　ことに　　2　とおりに　　3　せいか　　4　だから

文法

10 今年の夏こそ、絶対にやせて（　　　）。

1　みた　　2　らしい　　3　もらう　　4　みせる

11 彼女が何も言わないで家を出るなんて（　　　）。

1　考えられる　　2　考えられない　　3　はずだ　　4　考える

12 結婚するためには、親に認めて（　　　）。

1　もらわないわけにはいかない　　2　させなければならない

3　わけにはいかない　　4　ならないことはない

13 つまらない冗談を言って、彼を（　　　）しまった。

1　怒らさせて　　2　怒りて　　3　怒られて　　4　怒らせて

問題2　つぎの文の＿＿★＿＿に入る最もよいものを、1・2・3・4から一つえらびなさい。

（問題例）

A「＿＿＿＿　＿＿＿＿　＿＿★＿＿　＿＿＿＿　か。」

B「はい、だいすきです。」

1　すき　　2　ケーキ　　3　は　　4　です

（解答のしかた）

1.　正しい答えはこうなります。

> A「＿＿＿＿　＿＿＿＿　＿＿★＿＿　＿＿＿＿　か。」
> 　2　ケーキ　3　は　1　すき　4　です
> B「はい、だいすきです。」

2.　＿＿★＿＿に入る番号を解答用紙にマークします。

（解答用紙）

（例）	● ② ③ ④

14　高校生の息子がニュージーランドにホームステイをしたいと言っている。私は、子どもが＿＿＿＿　＿＿＿＿　＿＿★＿＿　＿＿＿＿と思うが、やはり少し心配だ。

1　思うことは　　2　やりたい　　3　したいと　　4　させて

15　A「あのお店の料理はどうでした？」

B「ああ、お店の＿＿＿＿　＿＿★＿＿　＿＿＿＿　＿＿＿＿とてもおいしかったよ。」

1　勧められた　　2　注文したら　　3　人に　　4　とおりに

16　彼女は親友の＿＿＿＿　＿＿＿＿　＿＿★＿＿　＿＿＿＿いたに違いない。

1　相談できずに　　2　悩んで　　3　私にも　　4　一人で

17 さっき歯医者に行った＿★＿ ＿＿＿ ＿＿＿ ＿＿＿間違えていました。

1 時間を　　2 のに　　3 の　　4 予約

18 あなたのことを＿＿＿ ＿★＿ ＿＿＿ ＿＿＿はいないと思います。

1 愛している　　2 人　　3 ほど　　4 僕

問題3　次の文章を読んで、文章全体の内容を考えて、［19］から［23］の中に入る最もよいものを、1・2・3・4から一つえらびなさい。

下の文章は、留学生のチンさんが、帰国後に日本のホストファミリーの高木さんに出した手紙である。

高木家のみなさま、お元気ですか。

ホームステイの時は、大変お世話になりました。みなさんに温かく［19］、まるで親せきの家に遊びに行った［20］気持ちで過ごすことができました。のぞみさんやしゅんくんと富士山に登ったことも楽しかったし、うどんを作ったり、お茶をいれたり、いろいろな手伝いを［21］ことも、とてもよい思い出です。

実は、日本に行く前は、ホームステイをすることは考えていませんでした。もしホームステイをしないで、ホテルに［22］泊まらなかったら、高木家のみなさんと知り合うこともできなかったし、日本人の考え方についても何もわからないまま帰国するところでした。お宅にホームステイをさせていただいて、本当によかったと思っています。

来年は、交換留学生として日本に行きます。その時は必ずまたお宅にうかがって、私の国の料理を［23］ほしいと思っています。

もうすぐお正月ですね。みなさん、健康に注意して、よいお年をお迎えください。

チン・メイリン

19

1 迎えられたので　　2 迎えさせたので
3 迎えたので　　4 迎えさせられて

20

1 みたい　　2 そうな　　3 ような　　4 らしい

21

1 させていただいた　　2 していただいた
3 させてあげた　　4 してもらった

22

1 だけ　　2 しか　　3 ばかり　　4 ただ

23

1 いただいて　　2 召し上がらせて
3 召し上がって　　4 作られて

問題4　次の（1）から(4)の文章（ぶんしょう）を読んで、質問に答えなさい。答えは、1・2・3・4から最もよいものを一つえらびなさい。

(1)

最近、自転車によく乗るようになりました。特に休みの日には、気持ちのいい風を受けながら、のびのびとペダルをこいでいます。

自転車に乗るようになって気づいたのは、自転車は車に比べて、見える範囲がとても広いということです。車は、スピードを出していると、ほとんど風景を見ることができないのですが、自転車は走りながらでもじっくりと周りの景色を見ることができます。そうすると、今までどんなにすばらしい風景に気づかなかったかがわかります。小さな角を曲がれば、そこには、新しい世界が待っています。それはその土地の人しか知らない珍しい店だったり、小さなすてきなカフェだったりします。いつも何となく車で通り過ぎていた街には、実はこんな物があったのだという新しい感動に出会えて、考えの幅も広がるような気がします。

24　考えの幅も広がるような気がするのは、なぜか。

1　自転車では珍しい店やカフェに寄ることができるから
2　自転車は思ったよりスピードが出せるから
3　自転車ではその土地の人と話すことができるから
4　自転車だと新しい発見や感動に出会えるから

(2)

仕事であちらこちらの会社や団体の事務所に行く機会があるが、その際、よくペットボトルに入った飲み物を出される。日本茶やコーヒー、紅茶などで、夏は冷たく冷えているし、冬は温かい。ペットボトルの飲み物は、清潔な感じがするし、出す側としても手間がいらないので、忙しい現代では、とても便利なものだ。

しかし、たまにその場でいれた日本茶をいただくことがある。茶葉を入れた急須（きゅうす）[※1]から注がれる緑茶の香りやおいしさは、ペットボトルでは味わえない魅力がある。丁寧に入れたお茶をお客に出す温かいもてなし[※2]の心を感じるのだ。

何もかも便利で簡単になった現代だからこそ、このようなもてなしの心は<u>大切にしたい</u>。それが、やがてお互いの信頼関係へとつながるのではないかと思うからである。

※1　急須…湯をさして茶を煎じ出す茶道具。

※2　もてなし…客への心をこめた接し方。

25　<u>大切にしたい</u>のはどんなことか。

1　お互いの信頼関係

2　ペットボトルの便利さ

3　日本茶の味や香り

4　温かいもてなしの心

(3) ホテルのロビーに、下のようなお知らせの紙が貼ってある。

8月11日(金)
屋外プール休業について

お客様各位

平素は山花レイクビューホテルをご利用いただき、まことにありがとうございます。台風12号による強風・雨の影響により、8/11（金）、屋外※プールを休業とさせて頂きます。ご理解とご協力を、よろしくお願い申し上げます。

8/12(土)については、天候によって、営業時間に変更がございます。前もって問い合わせをお願いいたします。

山花ホテル　総支配人

※屋外…建物の外

26 このお知らせの内容と合っているものはどれか。

1　11日に台風が来たら、プールは休みになる。

2　11日も12日も、プールは休みである。

3　12日はプールに入れる時間がいつもと変わる可能性がある。

4　12日はいつも通りにプールに入ることができる。

(4) これは、一瀬（いちのせ）さんに届いたメールである。

株式会社 山中デザイン
一瀬さゆり様

いつも大変お世話になっております。

私事（わたくしごと）※1 ですが、都合により、8月31日をもって退職※2 いたすことになりました。

在職中※3 はなにかとお世話になりました。心よりお礼を申し上げます。

これまで学んだことをもとに、今後は新たな仕事に挑戦してまいりたいと思います。

一瀬様のますますのご活躍をお祈りしております。

なお、新しい担当は川島と申す者です。あらためて本人よりご連絡させていただきます。

簡単ではありますが、メールにてご挨拶申しあげます。

株式会社 日新自動車販売促進部
加藤太郎
住所：〒111-1111　東京都◎◎区◎◎町 1-2-3
TEL：03-****-****　／　FAX：03-****-****
URL：http://www.×××.co.jp
Mail：×××@example.co.jp

※1　私事…自分自身だけに関すること。
※2　退職…勤めていた会社をやめること。
※3　在職中…その会社にいた間。

27　このメールの内容で、正しいのはどれか。

1　これは、加藤さんが会社をやめた後で書いたメールである。
2　加藤さんは、結婚のために会社をやめる。
3　川島さんは、現在、日新自動車の社員である。
4　加藤さんは、一瀬さんに、新しい担当者を紹介してほしいと頼んでいる。

問題5　つぎの(1)と(2)の文章を読んで、質問に答えなさい。答えは、1・2・3・4から最もよいものを一つえらびなさい。

(1)

日本人は寿司が好きだ。日本人だけでなく外国人にも寿司が好きだという人が多い。しかし、銀座などで寿司を食べると、目の玉が飛び出るほど値段が高いということである。

私も寿司が好きなので、値段が安い回転寿司（かいてんずし）をよく食べる。いろいろな寿司をのせて回転している棚から好きな皿を取って食べるのだが、その中にも、値段が高いものと安いものがあり、お皿の色で区別しているようである。

回転寿司屋には、チェーン店が多いが、作り方やおいしさには、同じチェーン店でも①「差」があるようである。例えば、店内で刺身を切って作っているところもあれば、工場で切った冷凍※1の刺身を、機械で握ったご飯の上に載せているだけの店もあるそうだ。

寿司が好きな友人の話では、よい寿司屋かどうかは、「イカ」を見るとわかるそうである。②イカの表面に細かい切れ目※2が入っているかどうかがポイントだという。なぜなら、生のイカの表面には寄生虫※3がいる可能性があって、冷凍すれば死ぬが、生で使う場合は切れ目を入れることによって、食べやすくすると同時にこの寄生虫を殺す目的もあるからだ。こんなことは、料理人の常識なので、イカに切れ目がない店は、この常識を知らない料理人が作っているか、冷凍のイカを使っている店だと言えるそうだ。

※1　冷凍…保存のために凍（こお）らせること

※2　切れ目…物の表面に切ってつけた傷。また，切り口。

※3　寄生虫（きせいちゅう）…人や動物の表面や体内で生きる生物

28 ①「差」は、何の差か。

1 値段の「差」

2 チェーン店か、チェーン店でないかの「差」

3 寿司が好きかどうかの「差」

4 作り方や、おいしさの「差」

29 ②イカの表面に細かい切れ目が入っているかどうかとあるが、この切れ目は何のために入っているのか。

1 イカが冷凍かどうかを示すため

2 食べやすくすると同時に、寄生虫を殺すため

3 よい寿司屋であることを客に知らせるため

4 常識がある料理人であることを示すため

30 回転寿司について、正しいのはどれか。

1 銀座の回転寿司は値段がとても高い。

2 冷凍のイカには表面に細かい切れ目がつけてある。

3 寿司の値段はどれも同じである。

4 イカを見るとよい寿司屋かどうかがわかる。

(2)

世界の別れの言葉は、一般に「Goodbye ＝神があなたとともにいますように」か、「See you again ＝またお会いしましょう」か、「Farewell ＝お元気で」のどれかの意味である。つまり、相手の無事や平安[※1]を祈るポジティブ[※2]な意味がこめられている。しかし、日本語の「さようなら」の意味は、その①どれでもない。

恋人や夫婦が別れ話をして、「そういうことならば、②仕方がない」と考えて別れる場合の別れに対するあきらめであるとともに、別れの美しさを求める心を表していると言う人もいる。

または、単に「左様(さよう)ならば（そういうことならば）、これで失礼します」と言って別れる場合の「左様ならば」だけが残ったものであると言う人もいる。

いずれにしても、「さようなら」は、もともと、「左様(さよう)であるならば＝そうであるならば」という意味の接続詞[※3]であって、このような、別れの言葉は、世界でも珍しい。ちなみに、私自身は、「さようなら」という言葉はあまり使わず、「では、またね」などと言うことが多い。やはり、「さようなら」は、なんとなくさびしい感じがするからである。

※1　平安…穏やかで安心できる様子。

※2　ポジティブ…積極的なこと。ネガティブはその反対に消極的、否定的なこと。

※3　接続詞…言葉と言葉をつなぐ働きをする言葉。

31 ①どれでもない、とはどんな意味か。

1 日本人は、「Good bye」や「See you again」「Farewell」を使わない。

2 日本語の「さようなら」は、別れの言葉ではない。

3 日本語の「さようなら」という言葉を知っている人は少ない。

4 「さようなら」は、「Good bye」「See you again」「Farewell」のどの意味でもない。

32 仕方がないには、どのような気持ちが込められているか。

1 自分を反省する気持ち

2 別れたくないと思う気持ち

3 別れをつらく思う気持ち

4 あきらめの気持ち

33 この文章の内容に合っているのはどれか

1 「さようなら」は、世界の別れの言葉と同じくネガティブな言葉である。

2 「さようなら」には、別れに美しさを求める心がこめられている。

3 「さようなら」は、相手の無事を祈る言葉である。

4 「さようなら」は、永遠に別れる場合しか使わない。

問題６　つぎの文章を読んで、質問に答えなさい。答えは、1・2・3・4から最もよいものを一つえらびなさい。

日本語の文章にはいろいろな文字が使われている。漢字・平仮名・片仮名、そしてローマ字などである。

①漢字は、3000年も前に中国で生まれ、それが日本に伝わってきたものである。4～5世紀ごろには、日本でも漢字が広く使われるようになったと言われている。「仮名」には「平仮名」と「片仮名」があるが、これらは、漢字をもとに日本で作られた。ほとんどの平仮名は漢字をくずして書いた形から作られたものであり、片仮名は漢字の一部をとって作られたものである。例えば、平仮名の「あ」は、漢字の「安」をくずして書いた形がもとになっており、片仮名の「イ」は、漢字「伊」の左側をとって作られたものである。

日本語の文章を見ると、漢字だけの文章に比べて、やさしく柔らかい感じがするが、それは、平仮名や片仮名が混ざっているからであると言われる。

それでは、②平仮名だけで書いた文はどうだろう。例えば、「はははははつよい」と書いても意味がわからないが、漢字をまぜて「母は歯は強い」と書けばわかる。漢字を混ぜて書くことで、言葉の意味や区切りがはっきりするのだ。

それでは、③片仮名は、どのようなときに使うのか。例えば「ガチャン」など、物の音を表すときや、「キリン」「バラ」など、動物や植物の名前などは片仮名で書く。また、「ノート」「バッグ」など、外国から日本に入ってきた言葉も片仮名で表すことになっている。

このように、日本語は、漢字と平仮名、片仮名などを区別して使うことによって、文章をわかりやすく書き表すことができるのだ。

34 ①漢字について、正しいのはどれか。

1　3000年前に中国から日本に伝わった。

2　漢字から平仮名と片仮名が日本で作られた。

3　漢字をくずして書いた形から片仮名ができた。

4　漢字だけの文章は優しい感じがする。

35 ②平仮名だけで書いた文がわかりにくいのはなぜか。

1　片仮名が混じっていないから

2　文に「、」や「。」が付いていないから

3　言葉の読み方がわからないから

4　言葉の意味や区切りがはっきりしないから

36 ③片仮名は、どのようなときに使うのかとあるが、普通、片仮名で書かないのはどれか

1　「トントン」など、物の音を表す言葉

2　「アタマ」など、人の体に関する言葉

3　「サクラ」など、植物の名前

4　「パソコン」など、外国から入ってきた言葉

37 日本語の文章について、間違っているものはどれか。

1　漢字だけでなく、いろいろな文字が混ざっている。

2　漢字だけの文章に比べて、やわらかく優しい感じを受ける。

3　いろいろな文字が区別して使われているので、意味がわかりやすい。

4　ローマ字が使われることは、ほとんどない。

問題７　つぎのページは、ホテルのウェブサイトにある着物体験教室の参加者を募集する広告である。下の質問に答えなさい。答えは、1・2・3・4から最もよいものを一つえらびなさい。

38 会社員のハンさんは、友人と日本に観光に行った際、着物を着てみたいと思っている。ハンさんと友だちが着物を着て散歩に行くには、料金は一人いくらかかるか。

1　6,000円　　2　9,000円

3　6,000円～9,000円　　4　10,000円～13,000円

39 この広告の内容と合っているものはどれか。

1　着物を着て、小道具や背景セットを作ることができる。

2　子どもも、参加することができる。

3　問い合わせができないため、予約はできない。

4　着物を着て出かけることはできないが、人力車観光はできる。

着物体験

参加者募集

【着物体験について】

1回：2人～3人程度、60分～90分
料金：〈大人用〉6,000円～9,000円／1人
〈子ども用〉(12歳まで) 4,000円／1人
(消費税込み)
＊着物を着てお茶や生け花※1をする「日本文化体験コース」もあります。
＊着物を着てお出かけしたり、人力車※2観光をしたりすることもできます。
＊ただし、一部の着物はお出かけ不可
＊人力車観光には追加料金がかかります

【写真撮影について】

振り袖から普通の着物・袴（はかま）※3などの日本の伝統的な着物を着て写真撮影ができます。着物は、大人用から子ども用までございますので、お好みに合わせてお選びください。小道具※4や背景セットを使った写真が楽しめます。(デジカメ写真プレゼント付き)

ご予約時の注意点

①上の人数や時間は、変わることもあります。お気軽にお問い合わせください。(多人数の場合は、グループに分けさせていただきます。)
②予約制ですので、前もってお申し込みください。(土・日・祝日は、空いていれば当日受付も可能です。)
③火曜日は定休日です。(但し、祝日は除く)
④中国語・英語でも説明ができます。

ご予約承ります！
お問い合せ・お申込みは
富士屋
nihonntaiken@ XXX fujiya.co.jp
電話 03- XXXX - XXXX

※1　お茶・生け花…日本の伝統的な文化で、茶道と華道のこと。
※2　人力車…お客をのせて人が引いて走る二輪車。
※3　振り袖～袴…日本の着物の種類。
※4　小道具…写真撮影などのために使う道具。

答對：
／27題

T5-1 ～ 5-9

問題 1

問題 1 では、まず質問を聞いてください。それから話を聞いて、問題用紙の 1 から 4 の中から、最もよいものを一つえらんでください。

れい

1　10 時
2　6 時
3　7 時
4　6 時半

1ばん

1　レポートのコピーをする

2　山口先生(やまぐちせんせい)にレポートを渡(わた)す

3　竹内(たけうち)さんに連絡(れんらく)する

4　山口先生(やまぐちせんせい)に、竹内(たけうち)さんのアドレスを聞(き)く

2ばん

1　引(ひ)っ越(こ)しをする

2　前(まえ)の住所(じゅうしょ)の役所(やくしょ)に行(い)く

3　パスポートをもらう

4　写真(しゃしん)を撮(と)る

3ばん

1　体重(たいじゅう)を計(はか)る。

2　紅茶(こうちゃ)を入(い)れる。

3　コーヒーを入(い)れる。

4　ケーキを食(た)べる。

4ばん

1　必(かなら)ず何(なに)か食(た)べてから飲(の)む。

2　車(くるま)の運転(うんてん)をしない。

3　白(しろ)い薬(くすり)を飲(の)んだあと、30分(ぷん)間は、何(なに)も食(た)べない。

4　どちらの薬(くすり)も朝(あさ)と夕方(ゆうがた)の食後(しょくご)に飲(の)む。

5 ばん

1　おみやげを買(か)う。

2　銀行(ぎんこう)に行(い)く。

3　歯医者(はいしゃ)に行(い)く。

4　車(くるま)のガソリンを入(い)れる。

6 ばん

問題 2

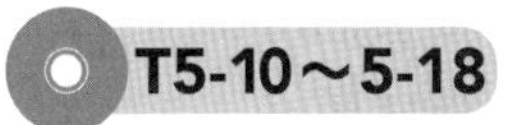

問題２では、まず質問を聞いてください。そのあと、問題用紙を見てください。読む時間があります。それから話を聞いて、問題用紙の１から４の中から、最もよいものを一つえらんでください。

れい

1　レポートを書くのに時間がかかったから

2　ゲームをしていたから

3　ずっとコンビニにいたから

4　近くの店でお酒を飲んでいたから

1ばん

1　小さくてかわいい車

2　大きくてゆったりした車

3　ガソリンの消費が少ない車

4　運転しやすい車

2ばん

1　世話が簡単なこと

2　餌代が高くないこと

3　一日中部屋から出ないこと

4　健康でいられること

3ばん

1　スマートフォンやケイタイ電話を使うこと

2　メールを送信したり受信したりすること

3　音を出してスマートフォンを使うこと

4　食事をしながらスマートフォンを使うこと

4ばん

1　誰かと一緒にいくと、その人と同じものを注文しなければならないから

2　自分の都合のいい時間に、自分の好きなものを食べたいから

3　一人だと何を食べてもおいしく感じるから

4　みんながいく店には行きたくないから

5ばん

1　携帯をなくしたから

2　朝寝坊したから

3　前の晩、お酒を飲みすぎて、頭痛がしたから

4　携帯を修理に持って行ったから

6ばん

1　叱る前に褒めること

2　子どもが冷静になるのを待って叱ること

3　叱る前に、3回、深く呼吸をすること

4　反抗的な気持ちにさせないように優しい顔で叱ること

問題 3

問題３では、問題用紙に何もいんさつされていません。この問題は、ぜんたいとしてどんなないようかを聞く問題です。話の前に質問はありません。まず話を聞いてください。それから、質問とせんたくしを聞いて、１から４の中から、最もよいものを一つえらんでください。

— メモ —

問題４

問題４では、えを見ながら質問を聞いてください。やじるし（➡）の人は何と言いますか。１から３の中から、最もよいものを一つえらんでください。

れい

回數

1
2
3
4
5
6

1ばん

2ばん

3ばん

4ばん

問題 5

問題 5 では、問題用紙に何もいんさつされていません。まず文を聞いて下さい。それからそのへんじを聞いて、1 から 3 の中から、最もよいものを一つえらんでください。

— メモ —

答對：

／33 題

測驗日期：___月___日

第六回

言語知識（文字、語彙）

問題1　＿＿＿のことばの読み方として最もよいものを、1・2・3・4から一つえらびなさい。

1 一般のかたは、こちらからお入りください。

1　いっぱん　　2　いいぱん　　3　いっぱ　　4　いつぱん

2 今日は東京湾の波が高い。

1　とうきょうこう　　2　とうきょうわん

3　とうきようわん　　4　とうきよこう

3 彼女はあいにく留守だった。

1　るす　　2　がいしゅつ　　3　るうしゅ　　4　るしゅ

4 彼は医者になることを決めた。

1　あきらめた　　2　とめた　　3　きめた　　4　すすめた

5 手をあげて横断歩道をわたる。

1　おうだんどうろ　　2　おだんほどう　　3　おうだんほど　　4　おうだんほどう

6 彼は孫といっしょに散歩した。

1　むすこ　　2　まご　　3　まこ　　4　まいご

7 彼女の勝手な行動は、多くの人に迷惑をかけた。

1　めえわく　　2　めわく　　3　めいわく　　4　めわあく

8 申し訳ない、と社長は全社員に謝った。

1　もしわけない　　2　もうしやくない　　3　もうしたてない　　4　もうしわけない

問題２　＿＿＿のことばを漢字で書くとき、最もよいものを、１・２・３・４から一つえらびなさい。

9　時間をゆうこうに使おう。

1　友好　　2　友交　　3　有郊　　4　有効

10　調査の方法について、彼とろんそうになった。

1　輪争　　2　輪戦　　3　論争　　4　論戦

11　彼らは、いだいな人々と言われた。

1　緯大　　2　緯代　　3　偉大　　4　偉代

12　彼女を納得させるのは、よういなことではない。

1　容易　　2　容意　　3　用意　　4　用易

13　おゆをわかしてコーヒーをいれる。

1　お池　　2　お場　　3　お水　　4　お湯

14　そのものがたりが、いつまでも心に残った。

1　物話　　2　物語　　3　物講　　4　物誠

問題3　（　　）に入れるのに最もよいものを、1・2・3・4から一つえらびなさい。

15　（　　）の試合で、私たちの町の野球チームが勝ち続けた。

1　地所　　2　地下　　3　地上　　4　地区

16　友だちが無事だとの知らせに（　　）した。

1　もっと　　2　かっと　　3　ぬっと　　4　ほっと

17　この宅配便は、明日の午前中に、姉の家に着く（　　）です。

1　計画　　2　予定　　3　時　　4　場所

18　この試合は、先に点をとったチームが絶対に（　　）だ。

1　有利　　2　残念　　3　正確　　4　条件

19　入学試験の合格者が（　　）された。

1　表現　　2　発表　　3　発達　　4　発車

20　試合の順番は、それぞれのチームの（　　）が話し合って決めた。

1　ラッシュ　　2　リサイクル　　3　ポップス　　4　キャプテン

21　（　　）して二十日も暑い日が続いた。

1　連続　　2　断定　　3　想像　　4　実験

22　よくないことはよくないと、（　　）言うべきだ。

1　はっきり　　2　すっきり　　3　がっかり　　4　どっかり

23　黒くて大きな（　　）にほえられた。

1　ねずみ　　2　魚　　3　ねこ　　4　犬

問題４　＿＿＿に意味が最も近いものを、１・２・３・４から一つえらびなさい。

24 彼女(かのじょ)は、そこで熱心(ねっしん)に働いた。

1　たのしそうに　　2　ときどき　　3　我慢しながら　　4　一生懸命

25 かしこい人は、むだなことをしないでものごとをやり遂(と)げる。

1　気が重い　　2　頭がよい　　3　明るい　　4　かわいい

26 その研究(けんきゅう)の結果は、価値(かち)あることだと評価(ひょうか)された。

1　はずかしい　　2　料金が高い　　3　無意味な　　4　ねうちがある

27 母親は、子どもの行動を観察した。

1　厳しくしかった　　2　いつも批判した

3　細かいところまでよく見た　　4　いつも自慢した

28 彼(かれ)はなんとかして、その話(はなし)をまとめようとした。

1　うまく決めようとした　　2　楽しいものにしようとした

3　なかったことにしようとした　　4　思い出そうとした

問題5　つぎのことばの使い方として最もよいものを、1・2・3・4から一つえらびなさい。

29 こぼす

1 コーヒーをズボンにこぼしてしまった。

2 とても悲しくて涙がこぼした。

3 帰り道で、さいふをこぼしてしまった。

4 母は兄の自慢ばかり人にこぼす。

30 たっぷり

1 わたしの好きな服を買ってくれたので、たっぷりした。

2 お湯がたっぷりのお風呂は気持ちがいい。

3 先生に注意され、たっぷりして家に帰った。

4 彼女はたっぷりしているので、みんなに人気がある。

31 とんでもない

1 こんな大事な会議に欠席するなんて、とんでもない。

2 毎晩遅くまで勉強したので、とんでもないことだ。

3 高い塀からとんでもないので、けがをしてしまった。

4 彼の態度はいつもおだやかで、とんでもない。

32 たまたま

1 図書館で、たまたま小学校の友だちに出会った。

2 毎日彼に教室でたまたま会えるので、うれしい。

3 りんごが1個150円もするなんて全くたまたまだ。

4 寒くなったので、たまたまコートを着た。

33 幸福

1 幸福な議論をしたために、よい結果が出なかった。

2 幸福な部屋のおかげで、すっかり疲れてしまった。

3 苦労した彼だったが、その後は幸福な人生を送った。

4 幸福な野菜を収穫したために、被害を受けてしまった。

答對：

／39 題

言語知識（文法）・読解

問題1　つぎの文の（　　）に入れるのに最もよいものを、1・2・3・4から一つえらびなさい。

1　外国で働いている父は、いつも「学生時代にもっと英語を勉強しておけば（　　）。」と思っているそうだ。

1　よい　　2　よかった　　3　済んだ　　4　おいた

2　練習すれば、君だって 1km ぐらい泳げる（　　）なるさ。

1　らしく　　2　ことに　　3　ように　　4　そうに

3　またお会いするのを（　　）にしております。

1　楽しむ　　2　楽しい　　3　楽しく　　4　楽しみ

4　北海道は東京（　　）暑くないですよ。

1　ほど　　2　など　　3　なら　　4　から

5　彼女のお兄さんは、スタイルは（　　）、とても性格がいいそうよ。

1　いいけど　　2　もちろん　　3　悪く　　4　いいのに

6　私の家は農業に（　　）生活しています。

1　とって　　2　して　　3　そって　　4　よって

7　先生になった（　　）、生徒に信頼される先生になりたい。

1　には　　2　けれど　　3　からには　　4　とたん

8　私が小学生の時から、母は留守（るす）（　　）だったので、私は自分で料理をしていた。

1　がち　　2　がちの　　3　がら　　4　頃

9 あわてて道路に（　　　）、交通事故にあった。

1　飛び出すとたん　　　　2　飛び出したとたん

3　飛び出すと　　　　4　飛び出したけれど

10 社長は、ゴルフがとても（　　　）と伺いました。

1　お上手にされる　　　　2　お上手でおる

3　お上手でいらっしゃる　　　　4　お上手であられる

11 A「変なこと言っちゃって悪かった。ごめん。」

B「謝る（　　　）なら、最初から少し考えて物を言ってよ。」

1　しかない　　2　だけ　　3　みたい　　4　ぐらい

12 その本を（　　　）、私に貸してくれない？

1　読みたら　　2　読みて　　3　読んだら　　4　読むと

13 弟にパンと牛乳を買いに（　　　）が、まだ、帰ってこない。

1　行かせた　　2　行かさせた　　3　行かれ　　4　行くさせた

問題 2　つぎの文の ★ に入る最もよいものを、１・２・３・４から一つえらびなさい。

（問題例）

A「＿＿＿　＿＿＿　＿★＿　＿＿＿　か。」

B「はい、だいすきです。」

1　すき　　2　ケーキ　　3　は　　4　です

（解答のしかた）

1.　正しい答えはこうなります。

A「＿＿＿　＿＿＿　＿★＿　＿＿＿　か。」 2　ケーキ　3　は　1　すき　4　です B「はい、だいすきです。」

2.　＿★＿に入る番号を解答用紙にマークします。

（解答用紙）

（例）	● ② ③ ④

14　母に＿＿＿　＿＿＿　＿★＿　＿＿＿、昔、この辺りは川だったそうです。

1　ところ　　2　聞く　　3　に　　4　よると

15　彼は、のんびり＿＿＿　＿★＿　＿＿＿　＿＿＿あります。

1　半面　　2　ところも　　3　気が短い　　4　している

16　彼女は＿＿＿　＿＿＿　＿★＿　＿＿＿いきました。

1　振りながら　　2　別れて　　3　笑って　　4　手を

17　今年＿＿＿　＿＿＿　＿★＿　＿＿＿私の大学の友だちです。

1　ことに　　2　入社する　　3　女性は　　4　なった

18　とても便利ですので、＿＿＿　＿★＿　＿＿＿　＿＿＿ください。

1　なって　　2　に　　3　お試し　　4　ぜひ

問題3　次の文章を読んで、文章全体の内容を考えて、19 から 23 の中に入る最もよいものを、1・2・3・4から一つえらびなさい。

下の文章は、留学生が日本の習慣について書いた作文である。

私は、2年前に日本に来ました。前から日本文化に強い関心を持っていましたので、 19 知識を身につけたいと思って、頑張っています。

来たばかりのころは、日本の生活の習慣がわからなかったため、困ったり迷ったりしました。例えば、ゴミの捨て方です。日本では、住んでいる町のルールに 20 、燃えるゴミと燃えないごみを、必ず分けて捨てなくてはいけません。最初は、なぜそんな面倒なことをしなければならないのか、と思って、いやになることが多かったのですが、そのうち、なるほど、と、思うようになりました。日本は狭い国ですから、ゴミは特に大きな問題です。ゴミを分けて捨て、できるものはリサイクルすることがどうしても必要なのです。しかし、留学生の中には、そんなこと 21 全然気にしないで、どんなゴミも一緒に捨ててしまって、近所の人に迷惑をかける人もいます。実は、こういう小さい問題が、外国人に対する大きな誤解や問題を生んでしまうのです。日常生活の中で少しでも気をつければ、みんな、きっと気持ちよく生活ができる 22 です。

「留学」というのは、知識を学ぶだけでなく、毎日の生活の中でその国の文化や習慣を身につけることが大切です。日本の社会にとけこんで、日本人と心からの交流できるかどうかは、私たち留学生の一人一人の意識や生活の仕方につながっています。本当の交流が実現できれば、留学も 23 ことができるのではないでしょうか。

19

1　ずっと　　2　また　　3　さらに　　4　もう一度

20

1　したがって　　2　加えて　　3　対して　　4　ついて

21

1　だけ　　2　しか　　3　きり　　4　など

22

1　わけ　　2　はず　　3　から　　4　こと

23

1　実現できる　　2　成功する　　3　考えられる　　4　成功させる

問題4　次の（1）から(4)の文章を読んで、質問に答えなさい。答えは、1・2・3・4から最もよいものを一つえらびなさい。

(1)

人類は科学技術の発展によって、いろいろなことに成功しました。例えば、空を飛ぶこと、海底や地底の奥深く行くこともできるようになりました。今や、宇宙へ行くことさえできます。

しかし、人間の望みは限りがないもので、さらに、未来や過去へ行きたいと思う人たちが現れました。そうです。『タイムマシン』の実現です。

いったいタイムマシンを作ることはできるのでしょうか？

理論上は、できるそうですが、現在の科学技術ではできないということです。

残念な気もしますが、でも、未来は夢や希望として心の中に描くことができ、また、過去は思い出として一人一人の心の中にあるので、それで十分ではないでしょうか。

24 「タイムマシン」について、文章の内容と合っていないのはどれか。

1　未来や過去に行きたいという人間の夢をあらわすものだ

2　理論上は作ることができるものだが実際には難しい

3　未来も過去も一人一人の心の中にあるものだ

4　タイムマシンは人類にとって必要なものだ

(2) これは、田中さんにとどいたメールである。

あて先：jlpt1127.clear@nihon.co.jp
件名：パンフレット送付※のお願い
送信日時：2015 年 8 月 14 日　13:15
==============================

ご担当者様

はじめてご連絡いたします。

株式会社山田商事、総務部の山下花子と申します。

このたび、御社のホームページを拝見し、新発売のエアコン「エコール」について、詳しくうかがいたいので、パンフレットをお送りいただきたいと存じ、ご連絡いたしました。2 部以上お送りいただけると助かります。

どうぞよろしくお願いいたします。

【送付先】
〒 564-9999
大阪府〇〇市△△町 11-9　XX ビル 2F
TEL：066-9999-XXXX
株式会社　山田商事　総務部
担当：山下　花子

※　送付…相手に送ること。

25 このメールを見た後、田中さんはどうしなければならないか。

1 「エコール」について、メールで詳しい説明をする。

2 山下さんに「エコール」のパンフレットを送る。

3 「エコール」のパンフレットが正しいかどうか確認する。

4 「エコール」の新しいパンフレットを作る。

(3) これは、大学内の掲示である。

台風９号による１・２時限[※1]休講[※2]について

本日(10月16日)、関東地方に大型の台風が近づいているため、本日と、明日１・２時限目の授業を中止して、休講とします。なお、明日の３・４・５時限目につきましては、大学インフォメーションサイトの「お知らせ」で確認して下さい。

東青大学

※１　時限…授業のくぎり。

※２　休講…講義がお休みになること。

26 正しいものはどれか。

1　台風が来たら、10月16日の授業は休講になる。

2　台風が来たら、10月17日の授業は行われない。

3　本日の授業は休みで、明日の３時限目から授業が行われる。

4　明日3、4、5時限目の授業があるかどうかは、「お知らせ」で確認する。

(4)

日本では、少し大きな駅のホームには、立ったまま手軽に「そば」や「うどん」を食べられる店（立ち食い屋）がある。

「そば」と「うどん」のどちらが好きかは、人によってちがうが、一般的に、関東では「そば」の消費量が多く、関西では「うどん」の消費量が多いと言われている。

地域毎に「そば」と「うどん」のどちらに人気があるかは、実は、駅のホームで簡単にわかるそうである。ホームにある立ち食い屋の名前を見ると、関東と関西で違いがある。関東では、多くの店が「そば・うどん」、関西では、「うどん・そば」となっている。「そば」と「うどん」、どちらが先に書いてあるかを見ると、その地域での人気がわかるというのだ。

27 駅のホームで簡単にわかる　とあるが、どんなことがわかるのか。

1 自分が、「そば」と「うどん」のどちらが好きかということ
2 関東と関西の「そば」の消費量のちがい
3 駅のホームには必ず、「そば」と「うどん」の立ち食い屋があるということ
4 店の名前から、その地域で人気なのは「うどん」と「そば」のどちらかということ

読解

問題5　つぎの(1)と(2)の文章（ぶんしょう）を読んで、質問に答えなさい。答えは、1・2・3・4から最もよいものを一つえらびなさい。

(1)

　テクノロジーの進歩で、私たちの身の回りには便利な機械があふれています。特にITと呼ばれる情報機器は、人間の生活を便利で豊かなものにしました。①例えば、パソコンです。パソコンなどのワープロソフトを使えば、誰でもきれいな文字を書いて印刷まですることができます。また、何かを調べるときは、インターネットを使えばすぐに必要な知識や世界中の情報が得られます。今では、これらのものがない生活は考えられません。

　しかし、これらテクノロジーの進歩が②新たな問題を生み出していることも忘れてはなりません。例えば、ワープロばかり使っていると、漢字を忘れてしまいます。また、インターネットで簡単に知識や情報を得ていると、自分で努力して調べる力がなくなるのではないでしょうか。

　これらの機器は、便利な半面、人間の持つ能力を衰えさせる面もあることを、私たちは忘れないようにしたいものです。

回數

1

2

3

4

5

6

28 ①例えばは、何の例か。

1 人間の生活を便利で豊かなものにした情報機器

2 身の回りにあふれている便利な電気製品

3 文字を美しく書く機器

4 情報を得るための機器

29 ②新たな問題とは、どんな問題か。

1 新しい便利な機器を作ることができなくなること

2 ワープロやパソコンを使うことができなくなること

3 自分で情報を得る簡単な方法を忘れること

4 便利な機器に頼ることで、人間の能力が衰えること

30 ②新たな問題を生みだしているのは、何か。

1 人間の豊かな生活

2 テクノロジーの進歩

3 漢字が書けなくなること

4 インターネットの情報

(2)

日本語を学んでいる外国人が、いちばん苦労するのが敬語の使い方だそうです。日本に住んでいる私たちでさえ難しいと感じるのですから、外国人にとって難しく感じるのは当然です。

ときどき、敬語があるのは日本だけで、外国語にはないと聞くことがありますが、そんなことはありません。丁寧な言い回しというものは例えば英語にもあります。ドアを開けて欲しいとき、簡単に「Open the door.（ドアを開けて。）」と言う代わりに、「Will you ～ (Can you ～)」や「Would you ～ (Could you ～)」を付けたりして丁寧な言い方をしますが、①これも敬語と言えるでしょう。

私たちが敬語を使うのは、相手を尊重し敬う※気持ちをあらわすことで、人間関係をよりよくするためです。敬語を使うことで自分の印象をよくしたいということも、あるかもしれません。

ところが、中には、相手によって態度や話し方を変えるのはおかしい、敬語なんて使わないでいいと主張する人もいます。

しかし、私たちの社会に敬語がある以上、それを無視した話し方をすると、人間関係がうまくいかなくなることもあるかもしれません。

確かに敬語は難しいものですが、相手を尊重し敬う気持ちがあれば、使い方が多少間違っていても構わないのです。

※敬う…尊敬する。

31 ①これは、何を指しているか。

1 「Open the door.」などの簡単な言い方

2 「Will (Would) you ～」や「Can (Could) you ～)」を付けた丁寧な言い方

3 日本語にだけある難しい敬語

4 外国人にとって難しく感じる日本の敬語

32 敬語を使う主な目的は何か。

1 相手に自分をいい人だと思われるため

2 自分と相手との上下関係を明確にするため

3 日本の常識を守るため

4 人間関係をよくすること

33 「敬語」について、筆者の考えと合っているのはどれか。

1 言葉の意味さえ通じれば敬語は使わないでいい。

2 敬語は正しく使うことが大切だ。

3 敬語は、使い方より相手に対する気持ちが大切だ。

4 敬語は日本独特なもので、外国語にはない。

読解

問題6　つぎの文章(ぶんしょう)を読んで、質問に答えなさい。答えは、1・2・3・4から最もよいものを一つえらびなさい。

信号機の色は、なぜ、赤・青（緑）・黄の３色で、赤は「止まれ」、黄色は「注意」、青は「進め」をあらわしているのだろうか。

①当然のこと過ぎて子どもの頃から何の疑問も感じてこなかったが、実は、それには、しっかりとした理由があるのだ。その理由とは、色が人の心に与える影響である。

まず、赤は、その「物」を近くにあるように見せる色であり、また、他の色と比べて、非常に遠くからでもよく見える色なのだ。さらに、赤は「興奮※1色」とも呼ばれ、人の脳を活発にする効果がある。したがって、「止まれ」「危険」といった情報をいち早く人に伝えるためには、②赤がいちばんいいということだ。

それに対して、青（緑）は人を落ち着かせ、冷静にさせる効果がある。そのため、＿③＿をあらわす色として使われているのである。

最後に、黄色は、赤と同じく危険を感じさせる色だと言われている。特に、黄色と黒の組み合わせは「警告(けいこく)※2色(しょく)」とも呼ばれ、人はこの色を見ると無意識に危険を感じ、「注意しなければ」、という気持ちになるのだそうだ。踏切や、「工事中につき危険！」を示す印など、黄色と黒の組み合わせを思い浮かべると分かるだろう。

このように、信号機は、色が人に与える心理的効果を使って作られたものなのである。ちなみに、世界のほとんどの国で、赤は「止まれ」、青（緑）は「進め」を表しているそうだ。

※1　興奮…感情の働きが盛んになること。

※2　警告…危険を知らせること。

34 ①当然のこととは、何か。

1 子どものころから信号機が赤の時には立ち止まり、青では渡っていること

2 さまざまなものが、赤は危険、青は安全を示していること

3 信号機が赤・青・黄の３色で、赤は危険を、青は安全を示していること

4 信号機に赤・青・黄が使われているのにはしっかりとした理由があること

35 ②赤がいちばんいいのはなぜか。

1 人に落ち着いた行動をさせる色だから

2 「危険！」の情報をすばやく人に伝えることができるから。

3 遠くからも見えるので、交差点を急いで渡るのに適しているから。

4 黒と組み合わせることで非常に目立つから。

36 ＿③＿に適当なのは次のどれか。

1 危険

2 落ち着き

3 冷静

4 安全

37 この文の内容と合わないものはどれか。

1 ほとんどの国で、赤は「止まれ」を示す色として使われている。

2 信号機には、色が人の心に与える影響を考えて赤・青・黄が使われている

3 黄色は人を落ち着かせるので、「待て」を示す色として使われている。

4 黄色と黒の組み合わせは、人に危険を知らせる色として使われている。

問題7　右の文章（ぶんしょう）は、ある文化センターの案内である。これを読んで、下の質問に答えなさい。答えは、1・2・3・4から最もよいものを一つえらびなさい。

38　男性会社員の井上 正さんが平日、仕事が終わった後、18時から受けられるクラスはいくつあるか。

1　1つ　　2　2つ　　3　3つ　　4　4つ

39　主婦の山本 真理菜（まりな）さんが週末に参加できるクラスはどれか。

1　BとA　　2　BとC　　3　BとD　　4　BとE

小町文化センター秋の新クラス

	講座名	日時	回数	費用	対象	その他
A	男子力 UP!4 回でしっかりおぼえる料理の基本	11・12 月 第 1・3 金曜日 (11/7・21・12/5・12) 18:00 ～ 19:30	全 4 回	18,000 円＋税(材料費含む)	男性 18 歳以上	男性のみ
B	だれでもかんたん！色えんぴつを使った植物画レッスン	10 ～ 12 月 第 1 土曜日 13:00 ～ 14:00	全 3 回	5,800 円＋税＊色えんぴつは各自ご用意下さい	15 歳以上	静かな教室で、先生が一人一人ていねいに教えます
C	日本のスポーツで身を守る！女性のためのはじめての柔道：入門	10 ～ 12 月 第 1 ～ 4 火曜日 18:00 ～ 19:30	全 12 回	15,000 円＋税＊柔道着は各自ご用意ください。詳しくは受付まで	女性 15 歳以上	女性のみ
D	緊張しないスピーチトレーニング	10 ～ 12 月 第 1・3 木曜日 (10/2・16 11/6・20 12/4・18) 18:00 ～ 20:00	全 6 回	10,000 円(消費税含む)	18 歳以上	まずは楽しくおしゃべりから始めましょう
E	思い切り歌ってみよう！「みんな知ってる日本の歌」	10 ～ 12 月 第 1・2・3 土曜日 10：00 ～ 12：00	全 9 回	5,000 円＋楽譜代 500 円(税別)	18 歳以上	一緒に歌えばみんな友だち！カラオケにも自信が持てます！

答對：
／27 題

問題 1

問題 1 では、まず質問を聞いてください。それから話を聞いて、問題用紙の 1 から 4 の中から、最もよいものを一つえらんでください。

れい

1　10 時
2　6 時
3　7 時
4　6 時半

回數

1

2

3

4

5

6

1ばん

1　教室の机を並べ変える。

2　宿題の紙をコピーする。

3　みんなの連絡先を聞く。

4　授業で使う資料を教室に持っていく。

2ばん

1　ビール

2　お弁当

3　お菓子

4　おもちゃ

3ばん

1　18日(水)9時

2　18日(水)6時

3　21日(土)3時

4　25日(水)7時

4ばん

1　ウイスキー

2　おもちゃ

3　ジュース

4　花

5ばん

1　木曜日の試験のために歴史の勉強をする

2　金曜日の試験のために漢字の勉強をする

3　レポートの残りを書く

4　先生にレポートの提出を伸ばしてもらう

6ばん

1

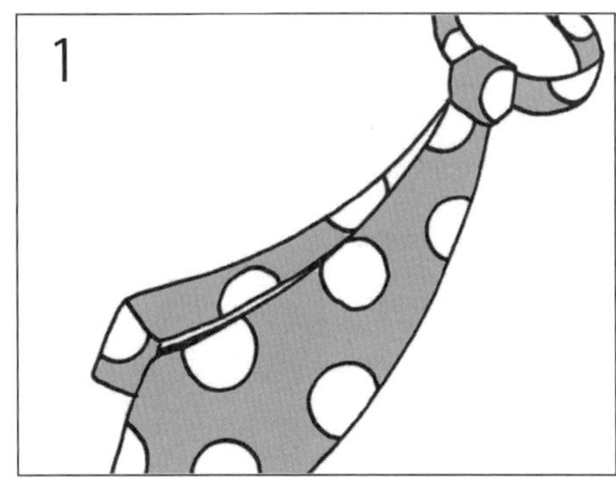

2

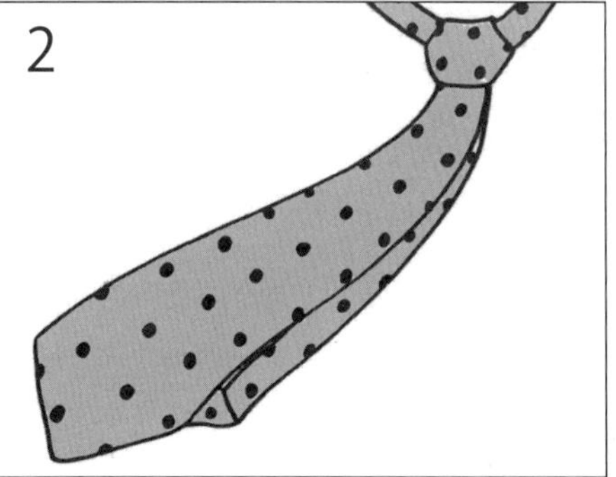

3

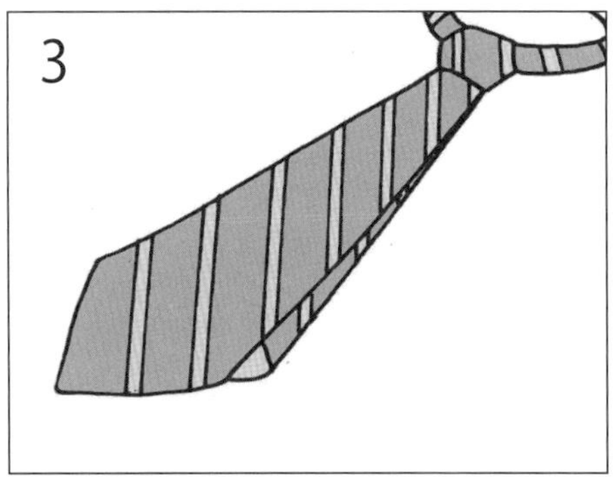

4

問題 2

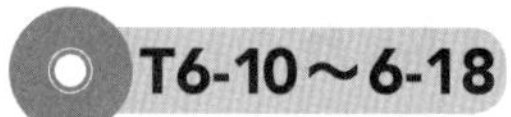

問題２では、まず質問を聞いてください。そのあと、問題用紙を見てください。読む時間があります。それから話を聞いて、問題用紙の１から４の中から、最もよいものを一つえらんでください。

れい

1　レポートを書くのに時間がかかったから

2　ゲームをしていたから

3　ずっとコンビニにいたから

4　近くの店でお酒を飲んでいたから

1 ばん

1　作品の中に入ること

2　写真やスケッチをすること

3　タバコを吸うこと

4　ものを食べること

2 ばん

1　運転がきらいだから。

2　ガソリンが高いから。

3　自動車は環境によくないから。

4　駐車場代が高いから。

3ばん

1　外(そと)で遊(あそ)ぶこと

2　勉強(べんきょう)の目標(もくひょう)

3　一緒(いっしょ)に遊(あそ)ぶ友(とも)だち

4　勉強(べんきょう)する時間(じかん)

4ばん

1　たくさん入(はい)る大(おお)きいカバン

2　小(ちい)さくて厚(あつ)みのないカバン

3　値段(ねだん)が高(たか)い上等(じょうとう)なカバン

4　しっかりした丈夫(じょうぶ)なカバン

5ばん

1　課長に連絡をしないで先に帰った。

2　システムサービスの人が来ることを忘れた。

3　パソコンのある部屋の鍵を閉めて帰ってしまった。

4　管理人室に行かないで帰ってしまった。

6ばん

1　体のためになる料理の作り方を教えること。

2　食べものについての知識や判断力を身につけさせる教育のこと。

3　何を食べると病気が治るかを教える教育のこと。

4　危険な食べ物の知識を身につけさせる教育のこと。

問題 3

問題 3 では、問題用紙に何もいんさつされていません。この問題は、ぜんたいとしてどんなないようかを聞く問題です。話の前に質問はありません。まず話を聞いてください。それから、せんたくしを聞いて、1 から 4 の中から、最もよいものを一つえらんでください。

— メモ —

問題（もんだい）4

T6-24～6-29

問題（もんだい）4では、えを見（み）ながら質問（しつもん）を聞（き）いてください。やじるし（➡）の人（ひと）は何（なん）と言（い）いますか。1から3の中（なか）から、最（もっと）もよいものを一（ひと）つえらんでください。

れい

1ばん

2ばん

回數

1

2

3

4

5

6

3 ばん

4 ばん

問題 5

問題５では、問題用紙に何もいんさつされていません。まず文を聞いてください。それから、そのへんじを聞いて、１から３の中から、最もよいものを一つえらんでください。

— メモ —

JLPTN3

- 解答用紙（かいとうようし）
- 正答表（せいとうしょう）
- 聴解スクリプト（ちょうかい）

STS

◎下方為答案卡，建議可自行列印所需份數以進行模擬練習。只要多多練習，在正式考場就超無敵啦！

にほんごのうりょくしけん　かいとうようし

N3

げんごちしき（もじ・ごい）

じゅけんばんごう Examinee Registration Number	

なまえ Name	

〈ちゅうい Notes〉

1. くろい えんぴつ（HB、No.2）で かいて ください。（ペンや ボールペンでは かかないで ください。）
Use a black medium soft (HB or No.2) pencil.
(Do not use any kind of pen.)
2. かきなおす ときは、けしゴムで きれいに けして ください。
Erase any unintended marks completely.
3. きたなく したり、おったり しないで ください。
Do not soil or bend this sheet.
4. マークれい Marking examples

よい れい Correct Example	わるい れい Incorrect Examples
●	⊗◯⊖⓪⊜◐◉

問題 1				
1	①	②	③	④
2	①	②	③	④
3	①	②	③	④
4	①	②	③	④
5	①	②	③	④
6	①	②	③	④
7	①	②	③	④
8	①	②	③	④
問題 2				
9	①	②	③	④
10	①	②	③	④
11	①	②	③	④
12	①	②	③	④
13	①	②	③	④
14	①	②	③	④
問題 3				
15	①	②	③	④
16	①	②	③	④
17	①	②	③	④
18	①	②	③	④
19	①	②	③	④
20	①	②	③	④
21	①	②	③	④
22	①	②	③	④
23	①	②	③	④

問題 4				
24	①	②	③	④
25	①	②	③	④
26	①	②	③	④
27	①	②	③	④
28	①	②	③	④
問題 5				
29	①	②	③	④
30	①	②	③	④
31	①	②	③	④
32	①	②	③	④
33	①	②	③	④

にほんごのうりょくしけん　かいとうようし

N3

げんごちしき（ぶんぽう）・どっかい

じゅけんばんごう Examinee Registration Number	

なまえ Name	

〈ちゅうい Notes〉

1. くろい えんぴつ（HB、No.2）で かいて ください。（ペンや ボールペンでは かかないで ください。）
   Use a black medium soft (HB or No.2) pencil.
   (Do not use any kind of pen.)
2. かきなおす ときは、けしゴムで きれいに けして ください。
   Erase any unintended marks completely.
3. きたなく したり、おったり しないで ください。
   Do not soil or bend this sheet.
4. マークれい Marking examples

よい れい Correct Example	わるい れい Incorrect Examples
●	⊗◯⊖⦶⊜◐◉

問題 1				
1	①	②	③	④
2	①	②	③	④
3	①	②	③	④
4	①	②	③	④
5	①	②	③	④
6	①	②	③	④
7	①	②	③	④
8	①	②	③	④
9	①	②	③	④
10	①	②	③	④
11	①	②	③	④
12	①	②	③	④
13	①	②	③	④
問題 2				
14	①	②	③	④
15	①	②	③	④
16	①	②	③	④
17	①	②	③	④
18	①	②	③	④
問題 3				
19	①	②	③	④
20	①	②	③	④
21	①	②	③	④
22	①	②	③	④
23	①	②	③	④

問題 4				
24	①	②	③	④
25	①	②	③	④
26	①	②	③	④
27	①	②	③	④
問題 5				
28	①	②	③	④
29	①	②	③	④
30	①	②	③	④
31	①	②	③	④
32	①	②	③	④
33	①	②	③	④
問題 6				
34	①	②	③	④
35	①	②	③	④
36	①	②	③	④
37	①	②	③	④
問題 7				
38	①	②	③	④
39	①	②	③	④

にほんごのうりょくしけん　かいとうようし

N3

ちょうかい

じゅけんばんごう Examinee Registration Number	

なまえ Name	

〈ちゅうい Notes〉

1. くろい えんぴつ（HB、No2）で かいて ください。（ペンや ボールペンでは かかないで ください。）
   Use a black medium soft (HB or No.2) pencil.
   (Do not use any kind of pen.)
2. かきなおす ときは、けしゴムで きれいに けして ください。
   Erase any unintended marks completely.
3. きたなく したり、おったり しないで ください。
   Do not soil or bend this sheet.
4. マークれい Marking examples

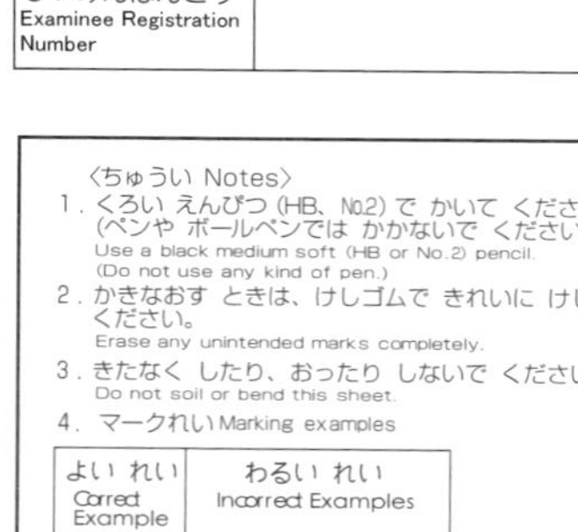

よい れい Correct Example	わるい れい Incorrect Examples
●	

問題（もんだい）1				
れい	①	●	③	④
1	①	②	③	④
2	①	②	③	④
3	①	②	③	④
4	①	②	③	④
5	①	②	③	④
6	①	②	③	④
問題（もんだい）2				
れい	①	②	③	●
1	①	②	③	④
2	①	②	③	④
3	①	②	③	④
4	①	②	③	④
5	①	②	③	④
6	①	②	③	④
問題（もんだい）3				
れい	①	②	●	④
1	①	②	③	④
2	①	②	③	④
3	①	②	③	④

問題（もんだい）4			
れい	①	②	●
1	①	②	③
2	①	②	③
3	①	②	③
4	①	②	③
問題（もんだい）5			
れい	①	②	●
1	①	②	③
2	①	②	③
3	①	②	③
4	①	②	③
5	①	②	③
6	①	②	③
7	①	②	③
8	①	②	③

第1回 正答表

●言語知識（文字・語彙）

問題1

1	2	3	4	5	6	7	8
2	3	4	3	2	4	2	4

問題2

9	10	11	12	13	14
4	2	3	3	1	2

問題3

15	16	17	18	19	20	21	22	23
2	4	1	1	3	2	4	2	3

問題4

24	25	26	27	28
2	1	3	3	4

問題5

29	30	31	32	33
4	2	1	1	3

●言語知識（文法）・読解

問題1

1	2	3	4	5	6	7	8	9	10
1	3	2	3	1	4	3	1	2	3

11	12	13
4	2	4

問題2

14	15	16	17	18
2	3	2	4	1

問題3

19	20	21	22	23
2	2	1	3	1

問題4

24	25	26	27
2	3	2	1

問題 5

28	29	30	31	32	33
3	2	4	4	4	2

問題 6

34	35	36	37
2	2	3	4

問題 7

38	39
2	3

●聴解

問題 1

例	1	2	3	4	5	6
2	3	2	4	4	4	1

問題 2

例	1	2	3	4	5	6
4	4	4	2	3	2	2

問題 3

例	1	2	3
3	2	3	3

問題 4

例	1	2	3	4
3	3	2	1	1

問題 5

例	1	2	3	4	5	6	7	8
3	1	2	1	2	2	2	1	3

第2回 正答表

●言語知識（文字・語彙）

問題 1

1	2	3	4	5	6	7	8
3	1	1	3	2	3	2	4

問題 2

9	10	11	12	13	14
3	3	4	2	1	4

問題 3

15	16	17	18	19	20	21	22	23
3	3	1	4	1	2	1	4	3

問題 4

24	25	26	27	28
4	3	1	1	2

問題 5

29	30	31	32	33
3	1	4	2	2

●言語知識（文法）・読解

問題 1

1	2	3	4	5	6	7	8	9	10
2	3	1	4	2	1	1	3	4	2

11	12	13
3	4	1

問題 2

14	15	16	17	18
4	1	3	2	3

問題 3

19	20	21	22	23
3	1	4	3	2

問題 4

24	25	26	27
2	4	4	2

問題 5

28	29	30	31	32	33
2	2	3	3	4	4

問題 6

34	35	36	37
4	2	3	3

問題 7

38	39
2	1

●聴解

問題 1

例	1	2	3	4	5	6
2	4	4	3	2	4	1

問題 2

例	1	2	3	4	5	6
4	3	4	1	4	2	3

問題 3

例	1	2	3
3	4	3	2

問題 4

例	1	2	3	4
3	1	2	3	1

問題 5

例	1	2	3	4	5	6	7	8
3	3	2	1	1	3	2	3	2

第3回 正答表

●言語知識（文字・語彙）

問題1

1	2	3	4	5	6	7	8
4	3	3	4	1	2	1	3

問題2

9	10	11	12	13	14
4	2	2	3	4	4

問題3

15	16	17	18	19	20	21	22	23
4	2	2	1	1	3	2	4	4

問題4

24	25	26	27	28
1	3	4	3	2

問題5

29	30	31	32	33
4	2	2	1	3

●言語知識（文法）・読解

問題1

1	2	3	4	5	6	7	8	9	10
3	2	4	2	1	3	4	2	3	1

11	12	13
2	3	3

問題2

14	15	16	17	18
4	1	3	2	3

問題3

19	20	21	22	23
3	3	2	1	3

問題4

24	25	26	27
4	4	1	2

問題 5

28	29	30	31	32	33
2	1	4	3	4	2

問題 6

34	35	36	37
1	2	4	3

問題 7

38	39
3	4

●聴解

問題 1

例	1	2	3	4	5	6
2	2	4	3	2	4	3

問題 2

例	1	2	3	4	5	6
4	1	3	4	3	2	3

問題 3

例	1	2	3
3	2	1	4

問題 4

例	1	2	3	4
3	1	3	2	1

問題 5

例	1	2	3	4	5	6	7	8
3	3	1	2	1	2	1	3	2

第4回 正答表

●言語知識（文字・語彙）

問題 1

1	2	3	4	5	6	7	8
2	1	4	3	2	3	1	3

問題 2

9	10	11	12	13	14
1	4	2	3	2	1

問題 3

15	16	17	18	19	20	21	22	23
1	1	3	4	2	1	4	3	1

問題 4

24	25	26	27	28
1	1	3	4	2

問題 5

29	30	31	32	33
2	3	1	1	4

●言語知識（文法）・読解

問題 1

1	2	3	4	5	6	7	8	9	10
4	2	3	1	2	4	2	3	1	4

11	12	13
1	2	3

問題 2

14	15	16	17	18
3	1	3	4	4

問題 3

19	20	21	22	23
3	1	2	2	2

問題 4

24	25	26	27
4	4	2	1

問題 5

28	29	30	31	32	33
2	3	3	4	1	3

問題 6

34	35	36	37
4	3	2	2

問題 7

38	39
4	2

●聴解

問題 1

例	1	2	3	4	5	6
2	4	4	3	4	3	4

問題 2

例	1	2	3	4	5	6
4	4	1	2	3	2	2

問題 3

例	1	2	3
3	2	3	1

問題 4

例	1	2	3	4
3	1	1	3	2

問題 5

例	1	2	3	4	5	6	7	8
3	3	3	2	3	2	2	3	3

第5回 正答表

●言語知識（文字・語彙）

問題 1

1	2	3	4	5	6	7	8
4	2	2	1	3	2	4	3

問題 2

9	10	11	12	13	14
3	1	4	2	3	1

問題 3

15	16	17	18	19	20	21	22	23
4	2	1	3	1	4	4	2	3

問題 4

24	25	26	27	28
2	3	4	1	1

問題 5

29	30	31	32	33
3	4	4	1	3

●言語知識（文法）・読解

問題 1

1	2	3	4	5	6	7	8	9	10
2	3	4	2	1	4	3	2	3	4

11	12	13
2	1	4

問題 2

14	15	16	17	18
4	1	4	2	3

問題 3

19	20	21	22	23
1	3	1	2	3

問題 4

24	25	26	27
4	4	3	3

問題 5

28	29	30	31	32	33
4	2	4	4	4	2

問題 6

34	35	36	37
2	4	2	4

問題 7

38	39
3	2

●聴解

問題 1

例	1	2	3	4	5	6
2	4	2	1	3	2	1

問題 2

例	1	2	3	4	5	6
4	2	4	3	2	4	3

問題 3

例	1	2	3
3	1	3	2

問題 4

例	1	2	3	4
3	2	1	2	1

問題 5

例	1	2	3	4	5	6	7	8
3	2	1	1	3	2	3	1	1

第6回 正答表

●言語知識（文字・語彙）

問題 1

1	2	3	4	5	6	7	8
1	2	1	3	4	2	3	4

問題 2

9	10	11	12	13	14
4	3	3	1	4	2

問題 3

15	16	17	18	19	20	21	22	23
4	4	2	1	2	4	1	1	4

問題 4

24	25	26	27	28
4	2	4	3	1

問題 5

29	30	31	32	33
1	2	1	1	3

●言語知識（文法）・読解

問題 1

1	2	3	4	5	6	7	8	9	10
2	3	4	1	2	4	3	1	2	3

11	12	13
4	3	1

問題 2

14	15	16	17	18
3	1	3	4	3

問題 3

19	20	21	22	23
3	1	4	2	4

問題 4

24	25	26	27
4	2	4	4

問題 5

28	29	30	31	32	33
1	4	2	2	4	3

問題 6

34	35	36	37
3	2	4	3

問題 7

38	39
2	4

●聴解

問題 1

例	1	2	3	4	5	6
2	4	2	2	3	4	1

問題 2

例	1	2	3	4	5	6
4	3	4	2	4	3	2

問題 3

例	1	2	3
3	3	3	1

問題 4

例	1	2	3	4
3	1	2	2	3

問題 5

例	1	2	3	4	5	6	7	8
3	3	1	1	2	2	3	1	2

聴解スクリプト

(M：男性　F：女性)

日本語能力試験聴解 N3　第一回

問題 1

例

男の人と女の人が家で話をしています。明日、女の人は何時に家を出ますか。

F：明日、早く家を出ないと。

M：めずらしいね。

F：会議だから、遅刻できないの。

M：大阪で会議？

F：うん。10 時には大阪駅に着いてなきゃ。

M：新幹線の切符は？

F：それは買ってあるの。ええと…ちょうど 7 時発だわ。

M：それなら 6 時半に家を出れば間に合うんじゃない？

F：無理よ。あなたなら大丈夫だけど、私は発車の 1 時間前には出るわ。

M：まあ、確かに、早めに出た方がいいね。

明日、女の人は何時に家を出ますか。

1 番

会社で男の人と女の人が話しています。男の人はこの後、何をしますか。

M：会議の準備はできていますか。

F：はい、ほとんど終わりました。資料も、30 部ずつ印刷してあります。

M：そうですか。椅子の数は確認しましたか。

F：全部で 25 脚、用意しておきました。

M：ああ、それじゃ足りないですね。大阪からも５人来るから。

F：わかりました。では、すぐに運びます。

M：いや、それはいいですよ。僕がやっておくから。それより、弁当とコーヒー。

F：はい。注文ですね。

M：それじゃ、よろしくお願いしますよ。

男の人はこの後、何をしますか。

2番

男の学生と女の学生が話しています。男の学生はこの後、どの授業に出ますか。

M：経済学の授業、むずかしくてよくわからなかったよ。

F：そうね。やっぱりよくテキストを読んでいかなくちゃだめだね。

M：来週は、しっかり予習して行かなきゃ。

F：今日はドイツ語もあるんでしょ？

M：うん、英語の後でね。教育学もあるよ。

F：私は、英語が終わったら今日は終わり。

M：えっ、いいなあ。

F：中国語の陳先生がお休みだからね。

男の学生はこの後、どの授業に出ますか。

3番

女の人と男の人が話しています。ペットボトルを出してもいいのは何曜日ですか。

F：ゴミの捨て方ですが、月曜日と木曜日は、燃えるごみですよ。

M：はい。

F：で、第二、第四火曜日が燃えないゴミで…ああ、アルミホイルとか、ビンの蓋とか、ね。詳しいことはこの紙に書いてあります。缶、ビン、紙なんかの資源ゴミは土曜日です。

M：あのう、ペットボトルは、何曜日ですか。

F：ああ、それは、缶やビンと一緒。洗って、つぶして、ほら、あの黄色いケースに入れてください。

M：わかりました。ありがとうございました。

ペットボトルを出してもいいのは何曜日ですか。

4 番

女の人と店の人が電話で話しています。女の人はその店まで、どうやって行きますか。

F：そちらまで、歩くと時間がかかりますよね。うちは、市役所のそばなんですけど。

M：はあ、1 時間以上かかると思います。電車だと駅から歩いて 20 分ぐらいです。

F：じゃ、車だと…駐車場はありますか。

M：2 台止められるんですが、その時に空いているかどうか…。

F：ああ、じゃ…バスがいいかな。

M：はい、店の前がバス停です。ただ、市役所前からのバスはあまり多くないですよ。

F：いいです。帰りは電車にします。

M：はい、お待ちしています。

女の人はその店まで、どうやって行きますか。

5 番

家で女の人と男の人が話しています。二人はこれから、どこで食事をしますか。

F：今日は、疲れたわねえ。

M：そう。じゃ、どこかでご飯食べていこうか。

F：そうね。たまにはラーメン屋さんでもいいかもね。

M：えーっ、夕食にラーメンか。ちょっとなあ。

F：じゃ、せっかくだから、イタリア料理の店は？ 新しくできたとこ、行ってみない？

M：イタリアンねぇ…もうちょっとさっぱりしたものがいいよ。

F：それなら、お寿司屋さんは？

M：ううん…。

F：いいよ。もう。帰れば冷蔵庫に何かあるし。魚でも焼くから。

M：よし、そうしよう。

二人はこれから、どこで食事をしますか。

6番

旅行パンフレットを見ながら、女の人が、旅行会社の人とホテルの相談をしています。女の人はどのホテルを予約しますか。

F：部屋に温泉があるこのファーストホテルはいいですね。

M：はい、ただ、こちらは、もう予約がいっぱいです。

F：それなら、この、海の近くのシーサイドホテルはどうですか。

M：こちらは、まだ空いています。食事がおいしいと評判のホテルですよ。ただ、海側の部屋は、もういっぱいです。

F：あら、それは残念。食事がおいしそうで、気に入ったのに。

M：今の時期は、どこも混んでいますよ。そうですねぇ、こちらの山下旅館は、大きな温泉がいくつもあって、お勧めです。

F ：そうですか…別に温泉はなくてもいいんです。みんなでおしゃべりしながらおいしい料理を食べて、きれいな景色が見られれば。

M：それでしたら、この山上ホテルはいかがですか。部屋ですきやきが食べられるし、夜は星がきれいですよ。

F：そうね、……でも、やっぱり、こちらにします。海が見えなくても、朝、散歩ができたら楽しいし。それに、食事がおいしいことが一番ですから。

女の人はどのホテルを予約しますか。

問題2

例

男の学生と女の学生が話をしています。男の学生は、昨夜何をしていたから眠いのですか。

M：あ〜（あくびの音）…ああ眠たい。

F：遅くまでレポート書いてたのね。

M：いや、レポートはけっこう早く終わったんだよ。

F：へえ。じゃ、あっ、ゲームでしょう。

M:ちがうよ。レポートが9時ごろ終わって、すぐ寝ようとしたんだよ。だけど、眠れなかったんだんだ。おなかすいちゃってさ。

F：まあ。

M：で、コンビニに行ったら、田中に会って。一緒に近くの店に行って２時まで飲んでたんだ。

F：なーんだ。

男の学生は、昨夜何をしていたから眠いのですか。

1番

息子と母親が話しています。息子は、なぜ先生に叱られたのですか。

M：今日、先生に叱られちゃった。

F：え、どうしてなの。

M：宿題、やっていかなかったんだ。

F：それは、叱られるわよ。

M：ちがうよ。宿題を忘れたから叱られたんじゃないよ。

F：じゃ、どうして。

M：先生に、休み時間に忘れた宿題をしなさい、と言われたのを忘れて…

F：忘れて？

M：友だちとサッカーしてたんだ。

F：サッカー？

M：うん。で、負けたから腹が立って、友だちとケンカした。

F：ケンカ…。

M：それで、叱られたんだ。

F：ああ～

息子は、なぜ先生に叱られたのですか。

2番

会社で女の人と男の人が話しています。女の人は、どうして困っているのですか。

F：困ったなあ。

M：どうしたの。

F：今日は午後１時から会議なんだ。

M：会議か。大変だね。準備できてないの。

F：いや、それはもういいの。問題は、課長。

M：どうしたの。

F：終わったらすぐに出張に出発なんだけど。

M：ああ、パリと…ロンドンだよね。

F：英語の資料はできたんだけど、フランス語のほうがまだ…。

M：そりゃ、大変だ。出張に持って行くって言っていたからね。手伝おうか。

F：悪いけど…。お願いします。

女の人は、どうして困っているのですか。

3番

女の人が話しています。女の人は、メールを送る前に、どうしなければならないと言っていますか。

F：メールは、電話と違って顔が見えません。電話なら、相手の声の大きさや話し方で、相手の気持ちを知ることができるので、それによってこちらの言い方を変えたり、冗談を言ったりして、こちらの気持ちをやわらかく伝えることもできます。しかし、メールの場合は、そんなことができないので、こちらの気持ちをそのまま伝えてしまいます。その結果、相手に大きなストレスを与えてしまうことがあります。ですから、書いたメールは出す前に必ず読み返して、強すぎる表現はないかなどを確認してから送るようにしなければなりません。

この女の人は、メールを送る前に、どうしなければならないと言っていますか。

4番

女の人と男の人が、話しています。女の人は、どんな動物を飼いたいと思っていますか。

F：田中君、犬を飼っているんだよね。

M：うん。うちは、家族がみんな犬好きなんだ。

F：へえ、そう。うちには昔は、ネコがいたわ。今は、一人で暮らしているから、何も飼ってないけど、また何か飼いたいな。

M：じゃあ、金魚にしたら。まず。

F：ああ、それもいいんだけど、ウサギがいいな。鳴かないから近所にも迷惑がかからないし。

M：でも、ウサギって、何を考えているかわからないからなあ。

F：それは、金魚も同じじゃない。

M：まあ、そうだね。じゃ、やっぱり、犬がいいんじゃないかな。

F：散歩が大変じゃない。それに比べたらウサギは散歩もいらないし、何より、長い耳がかわいいよー。いいなあ。飼ってみたい。

女の人は、どんな動物を飼いたいと思っていますか。

5番

女の人が、洋服の店について話しています。どんな店が売れていると言っていますか。

F：今、景気が悪いので、生活に必要な物以外の買い物をする人が減って、物の値段がどんどん下がっています。そのうえ、消費者は安いだけでなく、少しでもいいものを求める傾向が強いのです。特に、洋服は、値段を下げただけでは売れません。安くても、流行を取り入れた服を揃えている店にお客は集まります。たくさんのお客が来る店は、流行を意識して、品物を揃えている店です。こういう店は、景気が悪い時も売り上げを伸ばしているのです。

どんな店が売れていると言っていますか。

6番

父親と女の子が、テレビを見ています。女の子は今からどんな番組を見ますか。

F：お父さん、私、7時からテレビ見たいんだけど。

M：え〜っ、今、野球を見ているんだけどな。さなえは何を見るの？

F：アニメ。学校の友だちはみんな見てるの。

M：そうか。でも、さなえは、この時間、毎週ドラマを見てたんじゃなかった？

F：あのドラマは、先週終わったの。

M：そうなのか。あ、よし、打った〜。

F：やった〜！ 野球ってほんとに面白いわね。あ、でも、お父さん、やっぱりアニメにして。

M：何で？

F：このアニメ見ないと、学校でお友だちと話が合わないから。

M：そうか、…小学生も、大変なんだな。

女の子は今からどんな番組を見ますか。

問題３

例

男の人と女の人が、休み時間に話をしています。

M：あのう、キムさん、来週の金曜日、時間ある。
F：金曜日？ 国から友だちが来るから、迎えに行くつもりだけど。
M：そうか。じゃ、無理だよな。
F：でも、午後は空いてるよ。その友だちとランチを食べて大学に案内するだけだから。どうして？
M：実は、日本語学校の先生から通訳を頼まれたんだけど、その時間、ちょうどバイトがあるんだ。
　だから、誰かに変わってもらえないかと思って。
F：午後２時からでいいの。
M：ああ、もし、頼めたら助かるよ。
F：いいわよ。この前代わってもらったし。

男の人は、女の人に何を頼みましたか。
1　友だちを飛行場に迎えに行くこと
2　友だちを大学に案内すること
3　日本語学校の先生の通訳をすること
4　アルバイトを代わってもらうこと

1番

アパートに住んでいる息子が母親と電話で話しています。

M：はい、(咳の音：ゴホゴホ)
F：電話に出ないから心配してたのよ。で、熱はあるの。
M：ああ、38度ちょっと。
F：あら、けっこう高いわね。病院へ行かなきゃ。何か食べたの。
M：今日はまだ食べてないけど、(ゴホゴホ) カップラーメンがあるよ。あと、みかんも。
F：そんな物食べていたらなおらないわよ。困ったわねえ。お母さん、これから仕事なんだけど…

M：来なくていいよ。（ゴホッ）

F：悪くなったら困るでしょ。もうすぐテストなんだから。

M：いや、いいって。

F：お父さんはちょうど出張中だし…。いいわ。仕事が終わったら行きますよ。

M：…そう、…じゃ、悪いけど…ゴホゴホ。

母親は、今から何をしますか。

1　病院へ行く

2　仕事に行く

3　テストを受ける

4　息子のアパートに行く

2番

男の人がみんなの前で話しています。

M：いくら考えても問題が解けなかったのに、シャワーを浴びていたら、急に答えがわかった、という経験のある人は多いのではないでしょうか。何か考えなければならない時は、ずっと机に向かっていても、時間ばかりたってしまうものです。ちょっとトイレに行っただけで、脳は活発になることもあるのだとか。また、いろいろなアイデアが浮かびやすいのは、散歩をしている時だそうです。行き先も決めず、のんびりした気持ちでぶらぶら歩く。私は文章を考える時によくこの方法を使っています。

この男の人は、何について話していますか。

1　数学の問題がわかる場所

2　気持ちが明るくなる場所

3　アイデアを思いつきやすい場所

4　散歩をするのにいい場所

3番

男の人と女の人が料理について話しています。

F：私は、じゃがいもは入れないで、野菜だけで作るわよ。

M：へえ。肉は？

F：豚肉。エビとか、イカを入れるときもあるわ。

M：ぼくは、牛肉だな。よーく煮た牛肉と、大きめに切った野菜で作るんだ。

F：うんうん。お肉も野菜も長いこと煮るとおいしいよね。

M：うちなんか、たくさん作って、次の日も食べるよ。

F：でも私、あまり辛いのは苦手。

M：ふうん。じゃ、インドに旅行したときは、何を食べてたの。

F：あまり辛くないのを注文したわ。

二人は、どんな料理について話していますか。

1　味噌汁

2　チャーハン

3　カレー

4　おでん

問題 4

例

友だちに借りた傘をなくしました。なんといいますか。

F：1　借りた傘、なかったの。ごめんなさい。

　　2　借りた傘、なくなったみたいなの。ごめんなさい。

　　3　借りた傘、なくしちゃったの。ごめんなさい。

1 番

明日会社を休みたいです。課長に何と言いますか。

F：1　明日休もうと思いますが。

　　2　明日は休みますよ。

　　3　明日、お休みをいただきたいのですが。

2番

先生の荷物を持とうとする時、何と言いますか。

M：1　先生、ぼく、持てますよ。
　2　先生、お荷物お持ちします。
　3　先生、お荷物、どうしますか。

3番

友だちのペンを借りたい時、何と言いますか

F：1　このペン、借りていい？
　2　このペン、貸していい？
　3　このペン、貸そうか？

4番

隣の部屋の人が、お土産を持って来てくれました。何と言いますか。

F：1　気を遣っていただいて、すみません。ありがとうございます。
　2　気をつけて下さって、すみません。ありがとうございます。
　3　気がつかなくて、すみません。ありがとうございます。

問題5

例

M：日本語がお上手ですね

F：1　いいえ、けっこうです。
　2　いいえ、そうはいきません。
　3　いいえ、まだまだです。

1番

M：電車、混んでなさそうだよ。

F：1　そうね、よかった。
　2　そうね、いやだね。
　3　そうね。混んでるね。

2番

F：コンサートのチケットがあるんだけど、明日、いっしょに行きませんか？

M：1　はい、行きません。
　2　ありがとう。でも、明日はちょっと用があります。
　3　いいえ、私はチケットがありません。

3番

F：こんな時間まで、おじゃましてすみません。

M：1　いいえ、どうぞゆっくりしていってください
　2　いいえ、じゃまではありません。
　3　いいえ、おじゃましてもいいです。

4番

F：お体の具合は、いかがですか。

M：1　どうぞいつまでもお元気で。
　2　おかげさまでだいぶよくなりました。
　3　お大事になさってください。

5番

F：今日はお世話になりました。

M：1　はい、お世話をしました。
2　いいえ、こちらこそ。
3　いいえ、お世話ではありません。

6番

F：電車にカバンを忘れちゃった。

M：1　忘れてよかったね。
2　それは困ったね。
3　それは苦しいね。

7番

M：この仕事、まさか失敗するなんて思わなかったよ。

F：1　そうか。残念だったね。
2　そうか。うれしいね。
3　そうか。よかったね。

8番

F：本当にわからないの？

M：1　うん、本当にわかったんだよ。
2　いや、本当にわかるんだよ。
3　うん、本当にわからないんだよ。

日本語能力試験聴解 N3　第二回

聴解

問題 1

例

男の人と女の人が家で話をしています。明日、女の人は何時に家を出ますか。

Ｆ：明日、早く家を出ないと。

Ｍ：めずらしいね。

Ｆ：会議だから、遅刻できないの。

Ｍ：大阪で会議？

Ｆ：うん。10 時には大阪駅に着いてなきゃ。

Ｍ：新幹線の切符は？

Ｆ：それは買ってあるの。ええと…ちょうど 7 時発だわ。

Ｍ：それなら 6 時半に家を出れば間に合うんじゃない？

Ｆ：無理よ。あなたなら大丈夫だけど、私は発車の 1 時間前には出るわ。

Ｍ：まあ、確かに、早めに出た方がいいね。

明日、女の人は何時に家を出ますか。

1 番

先生と男の学生が話しています。男の学生はこの後、まず、何をしますか。

Ｆ：さあ、来週からいよいよ調査ですね。みなさん、インタビューに行くところについて、ちゃんと調べてありますか。鈴木君のグループ、どうですか。

Ｍ：はい、部品を作る工場で、20 人の方にお話を伺います。

Ｆ：そうですか。で、責任者のお名前は。

Ｍ：ええっと、それはまだ…。

Ｆ：あら、それじゃ、わからないことをお聞きする時に困りますよ。

Ｍ：そうですね。では、すぐ電話をしてみます。

Ｆ：あ、待って。あちらは忙しい時間じゃない？電話する時は時間を考えてね。電話番号はわかりますか。

Ｍ：はい。前に頂いた名刺で、確認します。

男の学生はこの後、まず、何をしますか。

2番

医者が患者に薬の飲み方を説明しています。この薬を飲む時にしてはいけないことはどれですか。

M：この薬は、食後に飲んで下さい。

F：はい。朝・昼・夕方の食後ですね。

M：いえ、朝、夕です。でも、痛い時はもう一回飲んでいいです。

F：1日、3回ですね。

M：ええ、痛くて我慢できない時は、間を5時間空けて1日に3回まではいいですよ。

F：わかりました。それから、痛くなったら別の痛み止めを飲んでもいいですか。

M：ああ、それはダメです。でも、もうだんだん痛みもなくなりますよ。

F：じゃ、痛くなくなったら、飲まなくてもいいですか。

M：そうですね。ただ、これから一週間は朝晩2回は飲んで下さいね。

この薬を飲む時にしてはいけないことはどれですか。

3番

女の人が、会社の会議室の使い方について話をしています。空のペットボトルは、どうすればいいですか。

F：この会議室は、いろいろな課の人が使うので、使ったものは、必ず元の所に戻してください。例えば、コップや灰皿など、自由に使ってかまいませんが、戻すときは、数を数えて元の場所に戻しておいてください。
それから、ゴミは、必ず分けてゴミ箱に入れてください。空のペットボトルは、会議室の隅のペットボトル入れに入れます。お弁当の残りやパンの袋などは会議室の台所にある燃えるごみの箱に入れて下さい。コピー用紙や新聞紙などの紙は、廊下の隅の回収ボックスに入れて下さい。リサイクルに出しますので。会議室の使い方については以上です。わからないことがあったら、受付で聞いて下さい。夜8時までは必ず誰かいますから。それを過ぎたら、内線221で聞いて下さい。

空のペットボトルは、どうすればいいですか。

4番

女の人と男の人が、お花見について話しています。お花見は、いつにするといいですか。

M：できれば木曜日がいいよ。一番みんな都合がつくだろう。今月も来月も、水曜日は会議が多いから。

F：じゃ、4月 7 日の木曜日はどう？。

M：そうだね。ただ、今年はいつもの年よりうんと暖かいから、7 日ごろには、桜は散っているかもしれないよ。

F：それもそうね。じゃ、1 週間前の 3 月 31 日の木曜日というのはどうかしら？

M：いいね。あ…でも、待てよ。その日は、僕、一日 中 外出していて何時に会社に戻れるかわからないんだ。

F：わかった。じゃ、翌日の金曜日にしましょう。土曜日は会社お休みだし。

M：そうだね。それがいい。

お花見は、いつにするといいですか。

5番

客と店員が話しています。客が選んだカバンはどれですか。

M：これ、大きさはちょうどいいんだけど、色が暗いから、重そうに見えるな。

F：では、こちらはいかがでしょう。セール品でお値段もお安くなっております。

M：うーん、色はいいけど、ちょっと小さすぎるし、縞の柄はないほうがいいな。

F：では…こちらは？ 肩からかけるベルトもついておりまして、大変使いやすいです。

M：ああ、いいですね。いくらですか。

F：28,000 円でございます。

M：ううん…。ちょっと高いよ。

F：それでしたら、こちらはいかがでしょう。色も明るいですし、ちょうどいい大きさかと…。

M：ああ、確かに大きさも適当だし、値段も…まあ、いいか。これをお願いします。

F：はい、かしこまりました。ありがとうございます。2 万円お預かりします。

客が選んだカバンはどれですか。

6番

男の人と女の人が話しています。男の人は、グラスをいくつ用意しますか。

M：今夜のパーティー、グラスはいくつ必要かな。

F：ええと、山口さんと鈴木さんの二人。それで、山口さんは友だちを二人連れて来るって。あなたの方は何人？

M：山田と、竹内と市川の三人だよ。

F：そうそう、さっき竹内さんから電話があって、急な用事で来られなくなったって。

M：そうか…、それは残念だな。

F：で、グラス、足りるよね。私たち二人の分も出しておいてね。

M：オーケー

男の人は、グラスをいくつ用意しますか。

問題２

例

男の学生と女の学生が話をしています。男の学生は、昨夜何をしていたから眠いのですか。

M：あ～（あくびの音）…ああ眠たい。

F：遅くまでレポート書いてたのね。

M：いや、レポートはけっこう早く終わったんだよ。

F：へえ。じゃ、あっ、ゲームでしょう。

M：ちがうよ。レポートが９時ごろ終わって、すぐ寝ようとしたんだよ。だけど、眠れなかったんだんだ。おなかすいちゃってさ。

F：まあ。

M：で、コンビニに行ったら、田中に会って。一緒に近くの店に行って２時まで飲んでたんだ。

F：なーんだ。

男の学生は、昨夜何をしていたから眠いのですか。

1番

男の人と女の人が話をしています。男の人は、昨日どうして会議に出なかったのですか。

M：田中さん、昨日の会議はどうだった。

F：ああ、予定通り終わりましたよ。鈴木さん、出張だったんですか。

M：いや、急に部長と一緒に、エース商事に行くことになっちゃって。

F：あれ、何か問題があったんですか。

M：うん。先月送った請求書に間違いがあったんだよ。それで…。

F：うわあ、それは大変でしたね。怒られましたか。

M：文句は言われたよ。商品の数も間違っていたから。

F：あら…。で、結局、大丈夫だったんですか。

M：まあ、今回はなんとかね。とにかくこっちが悪いんだ。これからは気をつけないとね。

F：そうですね。

男の人は、昨日どうして会議に出なかったのですか。

2番

学生と先生が研究室で話しています。学生は次にレポートを書く時、どんなことに注意しなければなりませんか。

M：レポートは、いつまででしょうか。

F：金曜日までに出してください。前と同じように、この机の上に置いておいてください。

M：はい。わかりました。

F：この前の「日本の祭りの文化について」のレポートはよくできていましたよ。よく調べましたね。

M：ありがとうございます。日本語でレポートを書くのは初めてなので、言葉の意味を調べるのに時間がかかりましたが、先輩たちがいろいろ教えてくださったので、なんとか完成しました。

F：そう。でも、漢字の間違いがありましたよ。例えば、ほら、ここか。

M：あ、それは、最後に直した部分です。すみません。

F：それと、ほら、ここも。「きかい」の「かい」が、まちがってるよ。

M：ああ…やっぱり、まだまだですね。今度は気をつけます。

F：そうね。

学生は次にレポートを書く時、どんなことに注意しなければなりませんか。

3番

男の人と女の人が話をしています。二人は、何ででかけますか。

M：すごい雨だね。

F：はい。台風で電車も、遅れているみたいです。

M：地下鉄はどうかな。

F：今は大丈夫そうですが、地下鉄の駅まで行くのが…。

M：ぬれてしまうね。大切な荷物もあるし。

F：会社の車は全部使っていますから、荷物は手で持っていくしかないんです。

M：しょうがないね。じゃ、タクシー会社に電話して。

F：来てもらいますか。

M：うん。遅れたらまずいからね。早めに行こう。

F：あ、課長、今、佐藤さんが戻ってきたみたいです。車が一台、空きました。

M：そうか。助かった。じゃ、それで行こう。

F：はい。

二人は、何で出かけますか。

4番

女の人と男の人が話しています。女の人はどうして怒っているのですか。

F：もう、聡ったら～

M：どうしたの。

F：待ち合わせに来なかったの。

M：へえ、時間、間違えたんじゃない。

F：携帯で連絡したんだけど全然連絡つかなくて。あとで聞いたら、充電が切れていたって言うの。

M：そうか。それはしかたがないよね。でも、何で来なかったの。

F：寝てたんだって。

M：ええっ。そりゃひどいね。

F：それはいいのよ。誰にでも失敗はあるし、私もよく寝坊するから。でも、謝りもしないで「寒いのに30分も待ってたの？元気だなあ。いつもたくさん食べるから大丈夫なんだね。」なんて、変なこと言って褒めるのよ。

M：わあ、僕が彼女に同じこと言ったら…殺されるな。

女の人は、どうして怒っているのですか。

5番

男の人が、登山について話しています。男の人はどうして一人で登山をしたいのですか。

M：山は、子どもの時によく父に連れて行ってもらいました。父も僕が大きくなるまではよく一人で登っていたそうです。仲間と登るのも楽しいけど、僕も、一人が好きですね。別に、好きな時に登りたいからとか、自分の好きな速さで登りたいからというわけではないんですけど。登山って、大雪なんかの、大変な時に頼れるのは自分しかいないんです。つまり、自分との戦いです。自分に甘さがあれば、死ぬこともある。だから、どんな場合でも決してあきらめない強い心が要求される。それを自分が持っていることを確かめたいんですよね。一人だとそれができるから。

男の人はどうして一人で登山をしたいのですか。

6番

女の人と男の人が、事務所で話しています。二人は、まず、どうすることになりましたか。

F：このコピー機、こわれてるんじゃない？

M：確かに最近よく紙が詰まるね。それと、コピーすると、紙に変な線が出る。

F：あれ、全然だめだ…。

M：もう、新しいのに買い替えた方がいいんじゃない？

F：そりゃ無理よ。確かこれ、来年まで借りてるのよ。それに、この書類、今日中に、200部必要なのよ。

M：うーん、しかたない、下のコンビニでコピーしてくるか。

F：そうね。でも、まず、キューキューオフィスに電話する。それで間に合わなそうなら、コンビニね。

M：佐藤さん、いないの。彼なら直せるんじゃないの。

F：さっきでかけちゃったのよ。

二人は、まず、どうすることになりましたか。

問題３

例

男の人と女の人が、休み時間に話をしています。

M：あのう、キムさん、来週の金曜日、時間ある。
F：金曜日？　国から友だちが来るから、迎えに行くつもりだけど。
M：そうか。じゃ、無理だよな。
F：でも、午後は空いてるよ。その友だちとランチを食べて大学に案内するだけだから。どうして？
M：実は、日本語学校の先生から通訳を頼まれたんだけど、その時間、ちょうどバイトがあるんだ。
　だから、誰かに変わってもらえないかと思って。
F：午後２時からでいいの。
M：ああ、もし、頼めたら助かるよ。
F：いいわよ。この前代わってもらったし。

男の人は、女の人に何を頼みましたか。

1　友だちを飛行場に迎えに行くこと
2　友だちを大学に案内すること
3　日本語学校の先生の通訳をすること
4　アルバイトを代わってもらうこと

1番

男の人と女の人が、電話で話しています。

F：明日、いつもの時間よりちょっと早く来ていただけますか。
M：ええと、いつもは８時ですが、もっと早くですか。
F：30分ほどでいいんですが。
M：そうですか…。少しお待ちください。確認してみます。
F：ああ、すみません。
M：もしもし、お待たせしました。

F：いかがでしょう。

M：30分早く伺えます。ただ、特別料金がかかるんですが、それは大丈夫ですか。

F：ああ、おいくらですか。

M：一般料金は一時間3500円ですが、8時前だと早朝で4000円になります。

F：はい、結構です。じゃ、よろしくお願いします。

男の人は、明日何時に行きますか。

1　8時15分

2　8時30分

3　7時45分

4　7時30分

2番

女の人が話しています。

F：パソコンを使うようになってから、漢字を書けなくなった、という人が大勢います。それは、漢字を書けなくなったのではなく、思い出そうとしなくなったのではないでしょうか。パソコンを使っていると、どんなに難しい漢字でも平仮名で入力すればすぐに漢字に直してくれます。ですから、わからない漢字があっても、思い出そうとせず、すぐにワープロに頼ってしまうのです。これでは、ますます漢字が書けなくなってしまいます。人間の能力は、使わずにいるとどんどん衰えます。思い出す力だってそうです。自分の能力をなくさないようにするためには、何かに頼りすぎないようにすることです。例えば、漢字はできるだけ自分で思い出す努力をしてください。

人が自分の持っている能力を失わないようにするためにはどんなことが大切ですか。

1　新しいことを一生懸命覚えること

2　わからないことは、人に聞くこと

3　自分の力でできていたことを、何かに頼りすぎないこと

4　知っていたことを忘れないように努力すること

3番

父親と娘が電話で話しています。

M：今日は、お母さん、遅くなるそうだよ。

F：ふうん。で、夕ご飯はどうするの？

M：冷蔵庫にあるもので、作って食べるようにって。

F：そう。わかった。

M：お父さんは、だいたい8時頃には帰るから。

F：はあい。

M：おまえは、何時頃帰るんだ？

F：お父さんよりはずっと早いよ。孝は、7時過ぎるって。

M：まあ、毎日野球の練習だから、しょうがないよ。

F：そうね、今日は私が作るわ。だけど、実は、明日から試験なんだ。

M：えっ、試験か。じゃ、お父さんが、もっと早く帰って、夕飯作るよ。6時半ごろまでには帰れるだろう。

F：そう？　それなら、帰りに図書館で勉強してきていい？

M：ああ、いいよ。おいしいカレーを作るから、楽しみにな。

F：はあい。じゃ、8時までに帰るわ。

今日は誰が夕食を作りますか

1　母親

2　父親

3　娘

4　弟の孝

問題4

例

友だちに借りた傘をなくしました。なんといいますか。

F：1　借りた傘、なかったの。ごめんなさい。

2　借りた傘、なくなったみたいなの。ごめんなさい。

3　借りた傘、なくしちゃったの。ごめんなさい。

1 番

電車で、人に席を譲る時、何と言いますか。

M：1　どうぞ、おかけください。
　　2　どうも、おかけしますか。
　　3　どうか、すわっていいですよ。

2 番

先輩より先に帰る時、何と言いますか。

F：1　お先に失礼いたしました
　　2　お先に失礼いたします
　　3　お先に失礼させます

3 番

テーブルの向こうにある醤油をとって欲しいです。何と言いますか

M：1　お醤油、欲しいんですが。
　　2　お醤油、こっちに置いといてください。
　　3　お醤油、取っていただけますか。

4 番

待ち合わせに遅れた友だちが、あなたに謝っています。あなたは何と言いますか。

F：1　気にしないで
　　2　気にしなよ
　　3　気にしなかった

問題5

例

M：日本語がお上手ですね

F：1　いいえ、けっこうです。
　　2　いいえ、そうはいきません。
　　3　いいえ、まだまだです。

1番

M：暑いですね。窓を開けませんか。

F：1　いいえ、窓を開けません
　　2　ええ、窓を開けません
　　3　ええ、開けましょう。

2番

M：いつもお世話になっております。

F：1　それは、お世話になっております。
　　2　こちらこそ、お世話になっております。
　　3　いいえ、お世話をしておりません。

3番

F：具合はいかがですか。

M：1　おかげさまで、だいぶよくなりました。
　　2　おかげさまで、とてもつらいです。
　　3　おかげさまで、ぜんぜんだめです。

4 番

F：そのお菓子(かし)、お口(くち)に合(あ)いましたか。

M：1　はい、とてもおいしかったです
　2　はい、ちょうどいい大(おお)きさでした。
　3　はい、おもしろいお話(はなし)でした。

5 番

F：写真(しゃしん)を撮(と)っていただけませんか。

M：1　ええ、いただけません。
　2　ええ、あげますよ。
　3　ええ、いいですよ。

6 番

M：田中君(たなかくん)のことを考(かんが)えると、頭(あたま)が痛(いた)いよ。

F：1　薬(くすり)を飲(の)ませた方(ほう)がいいね。
　2　しかたがないよ。まだ若(わか)いんだから。
　3　少(すこ)し、頭(あたま)を治(なお)そうか。

7 番

M：この書類(しょるい)、20 部(ぶ)コピーしておいてくれる？

F：1　はい、ありがとうございます。
　2　いいえ、失礼(しつれい)します。
　3　はい、かしこまりました。

8 番

F：どうぞ遠慮(えんりょ)なく召(め)し上(あ)がってください。

M：1　はい、遠慮させていただきます。

2　はい、いただきます。

3　いいえ、遠慮はしません。

日本語能力試験聽解 N3　第三回

問題 1

例

男の人と女の人が家で話をしています。明日、女の人は何時に家を出ますか。

F：明日、早く家を出ないと。

M：めずらしいね。

F：会議だから、遅刻できないの。

M：大阪で会議？

F：うん。10 時には大阪駅に着いてなきゃ。

M：新幹線の切符は？

F：それは買ってあるの。ええと…ちょうど 7 時発だわ。

M：それなら 6 時半に家を出れば間に合うんじゃない？

F：無理よ。あなたなら大丈夫だけど、私は発車の 1 時間前には出るわ。

M：まあ、確かに、早めに出た方がいいね。

明日、女の人は何時に家を出ますか。

1 番

女の人と男の人が家で話しています。女の人はこの後、何をしますか。

M：今日、弁当いらないよ。

F：えっ、もう、作っちゃった。

M：ごめん、じゃ、帰ってから食べるよ。今日、帰り、早いから。

F：そうなの。

M：うん。日曜日も仕事だったからね。その代わりに、午後は休みをとったんだよ。

F：そう。私はこれから病院へ行くけど、その前に銀行へ行かなくちゃ。

M：そうか。じゃ、いっしょに出よう。

F：だけど、洗濯物を干さなくちゃ。

M：ぼくがさっき干しておいたよ。

F：うれしい！ありがとう。

女の人はこの後、何をしますか。

2 番

男の学生と女の学生が話しています。男の学生はこの後、何をしますか。

M：ああ、授業が終わった！ 明日からいよいよ夏休みだ。

F：台湾へ行くんでしょう。いいなあ。

M：うん。でもいろいろ忙しいんだよ。台湾にいる友だちにも会う予定だし、あっちに住んでる親戚の家にも行くし。

F：私は、バイトとクラブの練習。

M：でも、練習は、みんなで軽井沢へ行くんだろう。涼しくていいね。

F：まあね。あ、今日はバイト？

M：うん。一度家に帰ってから。うちの犬を予防注射に連れていくんだよ。

F：ふうん、そう。…じゃ、私はバイトだから。じゃあね。

男の学生はこの後、何をしますか。

3 番

図書館で、女の人が男の人に、パソコンの使い方を説明しています。パソコンは、何分使えますか。

F：使う時は、ここにカードを置いてください。ピッと鳴ったら、大丈夫です。

M：はい。

F：時間は 30 分です。30 分たつと、パソコンに、「終わりです」という文字が出ます。

M：もっと使いたい時は、どうすればいいですか。

F：受付で聞いて下さい。もし誰も待っている方がいらっしゃらなければ、時間をのばせます。それも 30 分ずつです。

M：わかりました。

F：30分ちょうどで終わったら特に何もしなくてもいいですが、例えば15分で終わったとしたら、ここにカードを置いて、終了登録をして下さい。パソコンに記録が残っていると、いろいろと問題ですから。

M：はい、わかりました。ありがとうございます。

パソコンは、何分間使えますか。

4番

女の人と男の人が写真を見ながら話しています。二人が見ているのは、どの写真ですか。

F：この写真、見て見て。みんなすごく若いね。

M：ああ、あの日、暑かったね。8月だったからね。

F：そう。確か夏休み。

M：うん。彩香がまだ3歳のときだよ、これ、かわいいなあ。

F：それが今ではもう、中学生よ。

M：月日がたつのは早いね。そうそう、父さんとテニスをしたんだよ。あの時。で、僕が負けたんだ。

F：フフフ、そうそう。あれっ、なんで朋子さんがいるのに、明はいないんだっけ。

M：写真を撮ったのが僕だからだよ、姉さん。

F：ああ、そうか。

二人が見ているのは、どの写真ですか。

5番

男の人と女の人が電話で話しています。男の人はいつ会社に戻りますか。

F：お疲れ様です。課長、今日は何時に会社に戻られますか。

M：いつもと同じ、5時頃になるね。何かあった。

F：山川サービスの田中さんから連絡がありました。請求書を送って欲しいそうです。

M：それ、やっておいてくれない？　もう少し早めに戻るようにするから。

F：それが、私もこれからすぐに会議で…。請求書は急いでいるので3時までに一応メールで送って欲しいと言われましたが…。

M：ええ、困ったな。片岡くんは？

F：今、いなくて…。帰りは夕方になるそうです。

M：じゃあ、昼に一度帰るよ。

F：はい、よろしくお願いします。

男の人はいつ会社に戻りますか。

6番

女の人が、旅行会社の人と旅行の相談をしています。女の人はどのホテルを予約しますか。

F：いろいろ見る所がある方がいいんです。

M：こちらはいかがですか。海の近くのホテルで温水プールもあります。

F：海より、山がいいな。

M：これだと、湖の近くで、温泉もあります。

F：神社とか、お寺もあるんですね。

M：はい。この、湖の近くのホテルです。

F：あ、ここ、200年以上前にできたホテルなんですよね。いいですね。

M：はい、ホテルの中にも有名な絵が飾ってあります。

F：そうですか。じゃあ、こちらにします。

女の人はどのホテルを予約しますか。

問題2

例

男の学生と女の学生が話をしています。男の学生は、昨夜何をしていたから眠いのですか。

M：あ〜（あくびの音）…ああ眠たい。

F：遅くまでレポート書いてたのね。

M：いや、レポートはけっこう早く終わったんだよ。

F：へえ。じゃ、あっ、ゲームでしょう。

M：ちがうよ。レポートが9時ごろ終わって、すぐ寝ようとしたんだよ。だけど、眠れなかったんだんだ。おなかすいちゃってさ。

F：まあ。

M：で、コンビニに行ったら、田中に会って。一緒に近くの店に行って２時まで飲んでたんだ。

F：なーんだ。

男の学生は、昨夜何をしていたから眠いのですか。

1番

医者と男の人が話をしています。男の人は、何をやめなければなりませんか。

F：かなりよくなっていますから、心配いらないでしょう。食事も、もう普通でいいですよ。あ、でも甘いものは少なめに。

M：お酒や、タバコは…。

F：だめですね。スポーツはすこしずつ、始めは散歩ぐらいにしておいて、一週間ほどして、どうもなかったら、どんどんやっていいですよ。

M：はい。

F：ただ、お酒は当分ダメですよ。

M：はあ。

F：それと、禁煙してください。

M：…はい。がんばります。

F：がんばるだけじゃだめです。タバコは絶対ダメです。タバコをすっていたら、仕事も、何もできなくなりますよ。

M：はい。

男の人は、何をやめなければなりませんか。

2番

女の人と男の人が電話で話しています。男の人は、何が知りたいのですか。

F：はい、ワンデー翻訳サービスです。

M：あさひ出版の山口です。お世話になっております。

F：こちらこそ、お世話になっております。

M：先日は、中国語の翻訳をありがとうございました。丁寧で、わかりやすいです。

F：いえ、こちらこそ、いつもご注文ありがとうございます。

M：ところで、ちょっとうかがいたいことがあるんですが。

F：はい。どんなことでしょうか。

M：今回の翻訳はいつもの方ですか。

F：少々お待ち下さい。確認いたします。

M：あ、いいんです。実は、同じ単語なのに、今回違う訳になっているところがあって、どちらが新しい言い方なのかお聞きしたいと思いまして。

F：ああ、そういうことですね。少々お待ちいただけますか。担当者に確認いたしますので。

男の人は、何が知りたいのですか。

3 番

女の人が話しています。女の人は、どんな傘の持ち方がいいと言っていますか。

F：ぬれた傘の持ち方で、その人が他の人の迷惑を考える人か、そうじゃないかがわかりますよね。傘を持って駅の階段を上がる時、傘の先を後ろに向けている人がいますが、本当に危険です。この前、階段を上がりながら顔を上げたら。目の前に傘の先があって、びっくりしました。傘はまっすぐ、下に向けて持ってほしいものです。このことは、学校でも子どもたちに教えるべきだと思います。

女の人は、どんな傘の持ち方がいいと言っているのですか。

4 番

女の人と男の人が、本について話しています。女の人は、どんな本が好きだと言っていますか。

F：何読んでるの？

M：歴史小説。最近出た本だよ。

F：私はね、最近、科学の本を読んでるの。

M：へえ。

F：携帯とか、パソコンについて、科学的なことが知りたくて。

M：そうか。僕は IT の仕事だから、自分で読む本はそれと関係ないものがいいな。

F：でも、歴史と科学って関係あるよね。

M：まあ、そうだね。

F ：この時代にこんなことがあったから、こんな発明があったんだっていう事実が書かれた本が、私は好きだな。

M：うん。わかるよ。

F：前は小説が好きだったんだけどね。

M：ふうん。僕は、どっちも好きだな。

女の人は、どんな本が好きだと言っていますか。

5番

先生が生徒に話しています。イギリスでは携帯電話を学校に持って来るのを禁止した結果、どうなりましたか。

M：スマートフォンなどの携帯電話を学校に持ってくるのを禁止することで、生徒の成績に変化があるか、という調査をイギリスの研究チームが行ったそうです。その結果、学力が低いグループの生徒の成績が上がったそうです。ただ、学力が高いグループの生徒の成績には大きな差はなかったということです。国の調査によると、日本でも、高校１年生の９割近くがスマートフォンを持っているそうで、成績への影響がないかどうか問題になっているということです。

イギリスでは携帯電話を学校に持って来るのを禁止した結果、どうなりましたか。

6番

男の人と女の人が話しています。女の人は、どうして帰りが遅くなりましたか。

F：ただいまあ。

M：ああ、おかえり。けっこう遅かったね。あれ、酔ってるの？

F：ちがうよー。田中さんと山口さんが仕事のことでケンカして。

M：ケンカ？

F：うん、それで、昼休みに二人と、コーヒーを飲みに行ったの。

M：へえ。

F ：そしたら、なんか、旅行に行く話になっちゃって。それから仕事にもどったんだけど、仕事の後、会社の近くの店でお酒を飲みながら旅行の相談をしてたんだ。

M：なんだ。やっぱり飲んでたんじゃないか。

F：でも、カラオケには行かなかったよ。二人は行ったけど。

女の人は、どうして帰りが遅くなりましたか。

問題3

例

男の人と女の人が、休み時間に話をしています。

M：あのう、キムさん、来週の金曜日、時間ある。

F：金曜日？ 国から友だちが来るから、迎えに行くつもりだけど。

M：そうか。じゃ、無理だよな。

F：でも、午後は空いてるよ。その友だちとランチを食べて大学に案内するだけだから。どうして？

M：実は、日本語学校の先生から通訳を頼まれたんだけど、その時間、ちょうどバイトがあるんだ。
　だから、誰かに変わってもらえないかと思って。

F：午後2時からでいいの。

M：ああ、もし、頼めたら助かるよ。

F：いいわよ。この前代わってもらったし。

男の人は、女の人に何を頼みましたか。

1　友だちを飛行場に迎えに行くこと

2　友だちを大学に案内すること

3　日本語学校の先生の通訳をすること

4　アルバイトを代わってもらうこと

1番

男の人とガス会社の女の人が電話で話しています。

M：ガスが使えないと寒いので困るんですよ。暖房もガスだから。今日の7時頃着てもらえませんか。

F：はい、ただ、今日は、どうしても人がいなくて…。

M：明日は僕も妻も、仕事で家にいないんです。

F：あ、今回は、家の外のガス管の修理なので、家にいらっしゃらなくても大丈夫です。

M：そうですか。それなら、明日は午前中に来てもらえませんか。午後、妻が帰って来るまでに直しておいてもらえれば助かるんですが。

F：はい。それは、大丈夫です。朝、9時過ぎにはうかがいますので…あの、奥さまは、何時にお戻りでしょうか。できればご一緒に、ガスの安全確認をお願いしたいのですが。それは5分ほどですぐ終わるんですが。

M：妻は2時頃だと思いますが、一応、携帯に電話をしてからにして下さい。たまに遅くなるので。

F：ありがとうございます。では、工事の後に、ご連絡させていただきます。恐れ入りますが、奥様の携帯電話の番号をお願いできますでしょうか。

ガスの工事はいつですか。

1　今日の6時過ぎ

2　明日の午前中

3　明日の午後

4　明日の3時頃

2番

日本人の男の人が講演会で話しています。

M：誰かと親しくなりたいと思ったら、まず、共通点を見つけるといいんです。たとえば、誕生日でも、好きな食べ物でも、映画でも、何でも、共通する何かがあれば親しくなれます。私がアメリカに留学していた時も、韓国人や台湾の人など、アジア人ととても仲が良くなりました。もちろん、文化はちがうのですが、肌の色や髪の色、顔の形が似ていることで、なんとなく安心で、話しやすい感じがするのです。ですから、アジア人の友だちがたくさんできました。一人、とても親しくなったアメリカ人がいましたが、その人のお母さんは、日本人でした。やっぱり、何かしら共通点があったんですね。

この男の人は、何について話していますか。

1　人と親しくなる方法

2　アジア人の考え方

3　文化の違う人との付き合い方

4　アメリカ人の友だちを見つける方法

3番

男の人と女の人が住む場所について話しています。

F：私は、とにかく静かな所がいいな。

M：へえ。静かな所なら、駅から遠くてもいいの？

F：そうね、そんなに遠いのも困るけど、20分ぐらいなら歩いてもいいかな。ちょっと広い家に住みたいと思ったら、やっぱり少しぐらい遠いのはしかたないよ。

M：僕はやっぱり、駅に近い方がいいよ。朝は、ゆっくり寝たいし。それに、駅に近ければ買い物なんかにも便利だしね。

F：近ければ、狭くてもいいの？　あと、駅に近いと、家が古かったり、周りがうるさかったりするかもよ。

M：家賃が高いのは仕方ないし、狭いのはがまんできるけど、うるさいのはいやだな。

F：うん。そうよね。ゆっくり休めないもの。

二人とも、どんなところに住むのは嫌だと言っていますか。

1　駅から遠い所

2　家賃が高い所

3　狭い所

4　うるさい所

問題4

例

友だちに借りた傘をなくしました。なんといいますか。

F：1　借りた傘、なかったの。ごめんなさい。

　　2　借りた傘、なくなったみたいなの。ごめんなさい。

　　3　借りた傘、なくしちゃったの。ごめんなさい。

1番

コーヒーのおかわりを勧められました。何と言いますか。

F：1　いえ、もう結構です。
　2　はい、とても結構です。
　3　どうも、結構です。

2番

一万円札を千円札10枚に両替してもらいたい時、何と言いますか。

M：1　千円札たくさんください。
　2　一万円札を替えてください
　3　千円札に替えてください

3番

病気で早く帰る友だちに何と言いますか。

F：1　お丈夫に。
　2　お大事に。
　3　お疲れ様。

4番

新幹線で、あなたの椅子に隣の人が荷物を置いています。何と言いますか。

F：1　すみません。ここは、私の席です。
　2　あのう、この荷物、邪魔です。
　3　あら、この荷物私のじゃないわ。

問題5

例

M：日本語がお上手ですね

F：1　いいえ、けっこうです。

　2　いいえ、そうはいきません。

　3　いいえ、まだまだです。

1番

M：お久しぶりですね。

F：1　ええ、以前からですね。

　2　ええ、一年だけでしたね。

　3　ええ、最後にお会いしたのは、一年も前ですね。

2番

F：もう一杯、いかがですか。

M：1　もう結構です。十分いただきました。

　2　まだ結構です。もう一杯だけです。

　3　ありがとう。そうしてください。

3番

F：この説明書をいただいてもいいでしょうか。

M：1　はい、いただいてください。

　2　はい、どうぞお持ちください。

　3　はい、くださいます。

4 番

F：今日は、これで失礼します。

M：1　また、ぜひいらっしゃってください。
　2　こちらこそ、失礼します。
　3　とんでもない。

5 番

F：ちょっと伺いたいことがあるんですが。

M：1　はい、いつでもいらっしゃってください。
　2　はい、どんなことでしょうか。
　3　いいえ、質問はありません。

6 番

F：ここに座ってもよろしいですか。

M：1　ええ、かまいませんよ。
　2　ええ、よろしくどうぞ。
　3　いいえ、よろしいですよ。

7 番

M：来週の日曜日にお宅に伺ってもいいですか？

F：1　はい、伺ってください。
　2　何か聞きたいことがありますか？
　3　はい。お待ちしています。

8番

F：明日、雨なら試合は中止ですか？

M：1　雨が降っても中止です。
　　2　雨が降ったら中止です。
　　3　いいえ、中止です。

日本語能力試験聴解 N3　第四回

問題 1

例

男の人と女の人が家で話をしています。明日、女の人は何時に家を出ますか。

F：明日、早く家を出ないと。

M：めずらしいね。

F：会議だから、遅刻できないの。

M：大阪で会議？

F：うん。10 時には大阪駅に着いてなきゃ。

M：新幹線の切符は？

F：それは買ってあるの。ええと…ちょうど 7 時発だわ。

M：それなら 6 時半に家を出れば間に合うんじゃない？

F：無理よ。あなたなら大丈夫だけど、私は発車の 1 時間前には出るわ。

M：まあ、確かに、早めに出た方がいいね。

明日、女の人は何時に家を出ますか。

1番

男の人と女の人が話しています。男の人は、グラスをいくつ買いますか。

M：僕たちのと、お客さん用だよね。全部でいくつ買っておく？

F：そうねえ、4つじゃ足りないね。クリスマスや、お正月もあるし。

M：じゃあ、10個ぐらい？

F：うちは狭いから、10人も部屋に入らないよ。5つで十分じゃない？

M：そうか。だけどちがう飲み物を飲むたびに洗うのもめんどうだよ。

F：まあ、それはいいけど…多分割れたりするよね。多めに買っておこうか。

M：そうだよ。おっ、この箱、6個入りで、ずいぶん安くなってる。

F：うん、じゃ、それ2箱買っておこう。

二人は、グラスをいくつ買いますか。

2番

女の人が店員と話しています。女の人はどのテーブルを買いますか。

M：いらっしゃいませ。テーブルをお探しですか。

F：ええ、この丸いのもいいですね。何人座れるかしら。

M：4人用です。同じ形で黒もございまして。こちらは少し大きめで、6人は大丈夫です。

F：うちは4人家族だけど、両親が遊びに来るときは6人は座れる方がいいな。でも、黒は部屋に合わないな…。

M：それでしたら、…こちらの形はいかがでしょうか。

F：ああ、いいですね。丸もいいけど、これだと6人座れますよね。

M：はい、十分お座りになれます。

F：ああ、やっぱり落ち着いていて、いいわ。これにします。

女の人はどのテーブルを買いますか。

3番

男の人と女の人が話しています。女の人はこれから、まず何をしますか。

F：（ドアのチャイム）おはよう。あれ、兄さん、まだ寝てたの？ お父さんとお母さん、迎えに行くんじゃないの。

M：いや、昨日は飲み過ぎて、すぐ寝ちゃったんだよ。（あくび）これから準備する。

F：ええっ、時間大丈夫？そうだ、車は？

M：8時に借りに行く予約をしたから、これから行くよ。ええと、飛行機は何時に着くんだっけ？

F：10時半。二人ともきっと疲れてるから、待たせないようにしないと。早く行こうよ。

M：大丈夫だよ。じゃ、車を借りに行ってくるから、おまえは朝ごはんの支度を頼むよ。

F：でも、その前に、この部屋なんとかきれいにしないと。

M：そうだね。あんまりきたないとお母さんたち久しぶりに帰ってきてびっくりするからね。

女の人はまず何をしますか。

4番

男の人と女の人が話しています。男の人は、今年を表すのはどの字だと言っていますか。

F：私はこの字。今年は。いろいろ変化があったから。

M：うん。加奈子も小学校に入ったし、君の仕事も変わったしね。

F：ほんと。いろいろ大変だったよ。引っ越しもしたし。

M：そうだね。

F：あなたは、どの漢字？

M：これ…じゃないな。まあ、楽しいことも多かったけど。

F：じゃ、これ？

M：そうだね。うん。これこれ。とにかく、止まっていることがなかったって感じだからな。

F：そうね。常に動いていたわね。

男の人は、今年を表すのはどの字だと言っていますか。

5番

男の学生と女の学生が、バスの時間について話しています。二人は何時のバスに乗りますか。

F：集合は11時だから、10時23分のバスに乗ればいいね。11分のはもう行っちゃったから。

M：いや、23分でもだいぶ早く着くよ。道がすいていれば10分かからないから。

F：ただ、23分の次は49分だよ。これだと、あっちで道に迷ったら遅刻するよ。

M：そうか。あれ、ちがうぞ。今日は土曜日だ。

F：あ、そうすると、…23分はないのね。

M：うん。これで行くしかない。向こうに着いたら走ろう。

F：そうね。じゃ、私、コンビニに行って来る。

二人は何時のバスに乗りますか。

6番

男の人と女の人が、映画館の席について話しています。二人はどの席を予約しますか。

F：まだ、席は残ってる？

M：もうほとんどいっぱいだから、早く予約した方がいいよ。どこがいい？

F：一番前の席は、疲れるよね。

M：でも、端は見にくいよ。

F：そうね。別に、映画の途中で外に出たりしないんだから、ここにしようか。

M：ううん…もう少し前がいいな。ここはどう？　ちょっと右に寄っているけど、背が高い人に前に座られる心配がないから。

F：そうか。じゃ、そうしよう。

二人はどの席を予約しますか。

問題2

例

男の学生と女の学生が話をしています。男の学生は、昨夜何をしていたから眠いのですか。

M：あ～（あくびの音）…ああ眠たい。

F：遅くまでレポート書いてたのね。

M：いや、レポートはけっこう早く終わったんだよ。

F：へえ。じゃ、あっ、ゲームでしょう。

M：ちがうよ。レポートが9時ごろ終わって、すぐ寝ようとしたんだよ。だけど、眠れなかったんだんだ。おなかすいちゃってさ。

F：まあ。

M：で、コンビニに行ったら、田中に会って。一緒に近くの店に行って２時まで飲んでたんだ。

F：なーんだ。

男の学生は、昨夜何をしていたから眠いのですか。

1番

男の人と女の人が話をしています。女の人は男の人に、これから何に気をつけてほしいと言っていますか。

F：がんばっていますね。仕事を覚えるのが早いって店長が言っていましたよ。
M：ああ、そうっすか。
F：まだ入ったばかりなのに、よく努力しているって。声も元気があって気持ちがいいし。
M：はい。まあ。
F：だけど、その髪の毛と、ひげ。
M：だめっすか。長いっすかね。じゃ、もっと切ります。
F：いいえ、長さじゃなくて、清潔に見えるかどうかなのよ。お客様にいい印象を持たれるようにしてほしいんです。うちは食べ物を売っている店ですからね。爪にも、気をつけてくださいよ。
M：はあ…。わかりました。

女の人は男の人に、これから何に気をつけてほしいと言っていますか。

2番

女の人が話をしています。女の人は、どんなことが病気になりやすい体を作ると言っていますか。

F：例えば、毎日、暗い気持ちで過ごすと病気になりやすい体を作ってしまいますので、あまり笑わないというのはよくありません。一日一回はおもしろいテレビ番組を見たり人と話したりして、大笑いしたほうがいいですね。そして、毎日１時間は歩くことです。一日中パソコンの前に座っているのはよくないです。あとは、あれをしてはいけない、これをしちゃダメだ、と、自分に厳しくしてばかりいるのもよくありませんね。

女の人は、どんなことが病気になりやすい体を作ると言っていますか。

3番

男の人と女の人が話をしています。男の人は、女の人のために何をしますか。

F：明日は孝の学校に行かなきゃならないんだけど、困ったわ。

M：どうしたの。

F：うん、午後、会議があるのよ。

M：ああ、それなら、ぼくが学校へ行こうか。明日なら、午前中は休めるから。

F：時間は大丈夫なんだけどね。このパソコンと書類全部持って行かないといけないの。

M：えっ、それ全部？

F：そうなのよ。それに、英語クラブのボランティアの集まりだから、私が行かないと。

M：ああ、おれ、英語は苦手だからな。

F：荷物、どうしよう…。そうだ。悪いけど、私の会社の受付に持って行っておいてくれない？

M：ああ、それならできるよ。明日はちょうど車だし。朝、早くてもいいならね。

F：早くてもだいじょうぶよ。助かるわ。ありがとう。

男の人は、女の人のために何をしますか。

4番

男の人が会議室の予約の仕方について説明しています。会議室を予約する時に必要のないことはどれですか。

M：会議室A、B、Cは、どれも、予約が入っていなければ、その日に申し込めます。予約は1か月前からできます。インターネットでも、電話でもできます。同じ日に同じ部屋にいくつも予約が入った時は、一番早く申し込んだ人に決まります。申し込み代表者は一人決めて、後で変えたりしないでください。予約ができた場合は、その方に確認のメールをします。予約ができなかった場合も、断りのメールをします。どの会議室が空いているかは、ホームページで確認してください。なお、申し込みをした後でキャンセルする場合は、必ず連絡をしてください。

会議室を予約する時に必要のないことはどれですか。

5番

女の人が、料理の作り方について話しています。この料理に使わないものはどれですか。

F：玉ねぎは弱火でゆっくりまぜながら火を通します。

M：それから？

F：今日は、ここでトマトを使います。夏の野菜スープですから。

M：肉は、牛肉ですか。それとも鳥肉ですか。

F：このスープには牛肉は使いません。鳥肉は大きめに切って、塩とコショウをふっておきます。そして、ポテトを入れます。

M：ああ、ここでじゃがいもを入れるのですね。

F：ええ。味付けには、砂糖を少しとしょうゆを少し入れます。

この料理に使わないものはどれですか。

6番

女の人が男の人と話しています。女の人は、なぜ謝っていますか。

F：社長、昨日は、すみませんでした。

M：まあ、田中君がすぐに必要な書類を渡してくれたから大丈夫だったけどね。今度から気をつけてくれればいいですよ。

F：本当に申し訳ありません。山下さんに頼んでおいたのですが。

M：山下さんって？

F：ああ、先月入社したばかりの、新入社員です。書類を社長にお渡しするように、と伝えておいたのですが、慣れていないので、わからなかったようです。

M：ああ、そうだったのか。新入社員なら仕方がないな。

F：はい、でも、これからもっと気をつけるように山下さんにもよく言っておきます。

女の人は、なぜ謝っていますか。

問題３

例

男の人と女の人が、休み時間に話をしています。

M：あのう、キムさん、来週の金曜日、時間ある。
F：金曜日？ 国から友だちが来るから、迎えに行くつもりだけど。
M：そうか。じゃ、無理だよな。
F：でも、午後は空いてるよ。その友だちとランチを食べて大学に案内するだけだから。どうして？
M：実は、日本語学校の先生から通訳を頼まれたんだけど、その時間、ちょうどバイトがあるんだ。だから、誰かに変わってもらえないかと思って。
F：午後２時からでいいの。
M：ああ、もし、頼めたら助かるよ。
F：いいわよ。この前代わってもらったし。

男の人は、女の人に何を頼みましたか。
1　友だちを飛行場に迎えに行くこと
2　友だちを大学に案内すること
3　日本語学校の先生の通訳をすること
4　アルバイトを代わってもらうこと

１番

男の人と女の人が携帯電話で話しています。

M：山口さん、今、家にいる？
F：うん、いるよ。もうすぐ出かけるけど。
M：何時に出かけるの。
F：あと30分ぐらいかな。図書館に本を借りに行くの。
M：じゃ、その前にそっちに行っていいかな？ この前借りたノートを返そうと思って。
F：ええ、いつでもいいよ。でも、今、ちょうど雪が降っているし、大丈夫？
M：いや、僕もバイトで、ちょうど君の家の近くを通るから。最近、和田先生の授業が休みだから、めったに会えないしね。

男の人がこれから女の人の家に行くのは、どうしてですか。

1　本を借りたいから
2　ノートを返したいから
3　雪が降っているから
4　和田先生の授業が休みだから

2番

男の人が、人々の前で話しています。

M：栄養のあるものを食べているし、じゅうぶん眠っている。病気や怪我もしていない。友だちや家族とけんかをしたり、困ったことがあるわけでもないのに、元気が出ない。そんな時はありませんか。その原因は、運動不足のことが多いです。最近スポーツをしたのは、いつでしょうか。すぐに答えられる人は問題ないですが、いつスポーツをしたか思い出せない人は、運動不足かもしれません。そのままにしておくと、頭痛や肩こりなど、体の調子が悪くなることもあります。多少のストレスは、一回友だちとテニスをしただけで解決することもあります。

この男の人は、何について話していますか。

1　風邪の原因
2　友だちや家族の大切さ
3　運動の大切さ
4　ストレスの原因

3番

男の人と女の人が店で話しています。

M：僕はもうすこし大きい方がいいと思うよ。窓の上にかけるんでしょ。
F：そう。だけど……。もっと部屋が広かったら大きくてもいいんだけど。
M：ずっと壁にかけとくなら、邪魔にならないんじゃないの。それより、見やすい方がいいよ。
F：確かに、すぐ時間がわからなくちゃ意味ないんだけど、部屋が狭いのに、大きいのって、変じゃない？
M：そんなことないよ。これなんか数字も大きいし、いいんじゃない？　なんか、昔っぽくて好きだな。

F：ああ、おばあちゃんの家にあったなあ、こういうので、大きい音がするの。コチコチ、コチコチって。…これは音がしないけど。思い出すなあ。

M：じゃ、これにしよう。

男の人と女の人は何を選んでいますか。

1　時計

2　カレンダー

3　テレビ

4　電話

問題 4

例

友だちに借りた傘をなくしました。なんといいますか。

F：1　借りた傘、なかったの。ごめんなさい。
　2　借りた傘、なくなったみたいなの。ごめんなさい。
　3　借りた傘、なくしちゃったの。ごめんなさい。

1 番

同僚より先に帰る時、何と言いますか。

F：1　お先に
　2　お待たせ
　3　お帰り

2 番

友だちを映画に誘いたいです。何と言いますか。

F：1　映画、行かない？
　2　映画、行きたい？
　3　映画、行っていい？

3番

部屋が寒いので、窓を閉めたいです。何と言いますか。

M：1　寒いですね、窓を閉めるといいですか。
　2　寒いですね、窓を閉めたらいいですか。
　3　寒いですね、窓を閉めてもいいですか。

4番

田中さんに用があるので、会社に電話します。電話に出た人になんと言いますか。

F：1　田中さんをお願いしますか。
　2　田中さんはいらっしゃいますか。
　3　田中さんはいらっしゃいましたか。

問題5

例

M：日本語がお上手ですね

F：1　いいえ、けっこうです。
　2　いいえ、そうはいきません。
　3　いいえ、まだまだです。

1番

M：仕事が終わらないから、まだ帰れないよ。先に帰って。

F：1　そう。さっさと仕事しないからじゃない。
　2　そう。よかったね。私はお先に。
　3　そう。大変ね。お疲れ様。

2 番

F：あれ？ 小野寺課長は？

M：1　どこかにいますよ。
　2　さあ、どうでしょうか。
　3　今、銀行に行かれました。

3 番

M：忙しそうだね。手伝おうか。

F：1　うん、もっと一生懸命やってね。
　2　うん、そうしてもらえると助かるわ。
　3　うん、早く助けてあげて。

4 番

F：これ、しまっておいてくれる？

M：1　難しい問題ですね。
　2　でも、どこにしまうのか、わかりません。
　3　はい。この引き出しでいいですか？

5 番

F：ちょっとお尋ねしたいんですが、よろしいですか。

M：1　いえ、いいですよ。
　2　はい、どんなことでしょうか。
　3　ええ、どこでもどうぞ。

6番

F：もっと丁寧に仕事をしてください。これじゃ困ります。

M：1　これで、かまいませんよ。
　2　申し訳ありません。これから気をつけます。
　3　これからも、よろしくお願いいたします。

7番

M：国に帰ったら、まず、何がしたいですか。

F：1　母が待っています。
　2　果物を食べます。
　3　友だちに会いたいです。

8番

F：映画、どうでした？

M：1　とても悲しいからです。
　2　おもしろいです。
　3　すごくおもしろかったです。

日本語能力試験聴解 N3　第五回

問題 1

例

男の人と女の人が家で話をしています。明日、女の人は何時に家を出ますか。

F：明日、早く家を出ないと。

M：めずらしいね。

F：会議だから、遅刻できないの。

M：大阪で会議？

F：うん。10時には大阪駅に着いてなきゃ。

M：新幹線の切符は？

F：それは買ってあるの。ええと…ちょうど7時発だわ。

M：それなら6時半に家を出れば間に合うんじゃない？

F：無理よ。あなたなら大丈夫だけど、私は発車の1時間前には出るわ。

M：まあ、確かに、早めに出た方がいいね。

明日、女の人は何時に家を出ますか。

1番

先生と学生が話しています。学生はこの後、何をしますか。

F：レポートを持ってきました。

M：ああ、ありがとう、横山さん。そこに置いてください。ちゃんと全員出していますか。

F：竹内さんが欠席しているので、出していません。あとは全員出しました。

M：そうですか。では、全員のレポートのコピーを取って山口先生に渡さないとね。

F：コピー、しましょうか。

M：いや、それはいいよ。こちらでやります。横山さんは、竹内さんに連絡して、いつまでに出せるか聞いてください。

F：はい、すぐにメールをします。あ、でも、竹内さんのアドレスは…。

M：ああ、山口先生が知っています。聞いてみてください。

学生はこの後、何をしますか。

2番

女の人が区役所の人と、電話で話しています。女の人は、まず何をしなければなりませんか。

F：引っ越してきたんですが、そちらに何を持って行けばいいですか。

M：前に住んでいた所の役所で、住所が変わるという証明書をもらいましたか。

F：それが、忙しくて、まだ…。

M：そうですか。まず、前に住んでいたところでそれをもらってきてください。

F：わかりました。

M：それと、本人だと確認できるパスポートかなんかを持ってきてくださいね。

F：はい。わかりました。写真はいりませんか？

M：いりません。パスポートがあればいいです。

女の人は、まず何をしなければなりませんか。

3番

男の人と女の人が話しています。女の人はこの後まず、何をしますか。

F：今日は、すごくおいしいケーキを買ってきたわ。

M：へえ、どこで？

F：おいしいと評判の有名なケーキ屋さん。30分も歩いて行ってきたの。

M：へえ。で、ケーキ買えたの？

F：みんな並んで買っていたけど、なんとか2個買えたわ。

M：よかったじゃない。食べようよ。

F：ちょっと待って。

M：ああ、コーヒーをいれるんだね。

F：いや、そうじゃない。

M：じゃあ、紅茶？

F：ううん。最近太ってしまったから、体重計って、昨日より減っていたら食べるわ。

女の人は、この後まず何をしますか。

4番

男の人が女の人に薬の飲み方を説明しています。女の人は薬を飲む時、どうするといいですか。

M：こちらの白い薬は朝と晩に2つずつ、こちらの粉薬は朝、昼、晩に一袋ずつ飲んで下さい。

F：はい。わかりました。

M：どちらも、食後ですが、何も食べたくない時は、無理して食べなくてもいいです。

F：これを飲むと眠くなりますか。

M：大丈夫です。車の運転も問題ないですよ。

F：この粉薬の方も大丈夫ですか。

M：はい。でも、白い薬を飲んだ後30分は、何も食べないでください。

F：はい、わかりました。

女の人は薬を飲む時、どうするといいですか。

5番

男の人と女の人が話しています。女の人は今日中に何をしなければなりませんか。

F：おみやげも買ったし、着るものも全部用意したけど、銀行にも行っておいた方がいいわね。

M：ああ、そうだね。明日は土曜日だから、たのむよ。で、歯医者は？

F：うん、もう昨日行ってきた。あ、でも、そうだ、車にガソリンを入れてこなくちゃ。

M：ああ、それは明日の朝、入れて行けばいいよ。

女の人は今日中に何をしなければなりませんか。

6番

女の人と男の人が、食事をする店について相談しています。女の人はどの店を予約しますか。

M：今晩、スミスさんをお連れする店を予約しておいて。

F：日本料理がいいでしょうか？

M：うん。日本の料理を楽しみにしていたから、いいと思うよ。だけど、スミスさんは、確か和食は初めてだから、お肉も食べられる店がいいな。

F：はい。わかりました。

M：ああ、それと、日本酒が大好きだと言っていたよ。

F：では、こちらの店はいかがですか。

M：ああ、いいね。すぐ予約しておいてくれる？

女の人はどの店を予約しますか。

問題２

例

男の学生と女の学生が話をしています。男の学生は、昨夜何をしていたから眠いのですか。

M：あ〜（あくびの音）…ああ眠たい。

F：遅くまでレポート書いてたのね。

M：いや、レポートはけっこう早く終わったんだよ。

F：へえ。じゃ、あっ、ゲームでしょう。

M：ちがうよ。レポートが９時ごろ終わって、すぐ寝ようとしたんだよ。だけど、眠れなかったんだんだ。おなかすいちゃってさ。

F：まあ。

M：で、コンビニに行ったら、田中に会って。一緒に近くの店に行って２時まで飲んでたんだ。

F：なーんだ。

男の学生は、昨夜何をしていたから眠いのですか。

１番

男の人と女の人が車について話をしています。男の人は、どんな車がいいと言っていますか。

F：おとなりの田中さん、車買ったんだね。

M：うん。さっき届いたみたいだよ。

F：いいね。かわいいし、小さいからガソリンもそれほど消費しないんじゃない？

M：僕は小さいのは買いたくないな。

F：へえ。なんで。

M：車の中が狭いと荷物をたくさんのせられないし、太っている人はきつくないか？

F：あなたらしいね。そんな心配をするなんて。

M：まあ、ぼくも太っているから、わかるんだよ。車も、ゆったりしていた方がいいな。

F：私は、運転が下手だから運転しやすい車がいいな。

男の人は、どんな車がいいと言っていますか。

2番

女の人と男の人が話をしています。男の人は、猫を飼っていて、どんなことがありがたいと言っていますか。

F：鈴木君は、なんかペットを飼ってるの？

M：ああ、猫を飼っているよ。

F：へえ。一人暮らしなのに、世話が大変じゃない？

M：そうでもないよ。うちの猫は一日中部屋にいるよ。

F：でも、猫の餌の缶詰って高いんでしょ。

M：まあね。だけど、お金がなくても、猫には好きなものを食べさせたいって思うよ。僕が家に帰ると、玄関まで飛び出してくるんだ。かわいいよ。

F：へえ。まるで自分の子どもみたいね。

M：そうだね。何より、猫がいると健康でいられるんだ。

F：えっ、どうして？

M：一人だと、僕なんか家に帰らないで仕事ばかりしているかもしれないけど、猫がいると必ず家に帰るからね。

男の人は、猫を飼っていて、どんなことがありがたいと言っていますか。

3番

レストランで、店の人と男の人が話しています。店の中で何をしてはいけませんか。

M：すみません。ここでスマートフォンは使えますか。

F：はい。お使いになれます。ただ、メールはいいですが、ゲームはやめていただきたいのです。音がうるさくてほかのお客様の迷惑になりますので。

M：あ、そうですか。インターネットを見るのはいいのですね。

F：はい。でも、音の出るものはやめてください。

M：ああ、わかりました。

店の中で何をしてはいけませんか。

4番

女の人が食事について話しています。この女の人は、なぜ一人で食事をしに行くのですか。

F：最近、一人でも気軽に食事ができる店が増えてきたようで、うれしいです。実は私もよく一人で食事をします。会社の昼休みにも、なるべく一人で出かけます。誰かと一緒だと、時間を合わせたりしなければならないので、面倒なのです。それに、食べるお店も一人では決められないでしょう。自分の都合のいい時間に行って、その日自分が食べたい物を食べたいのです。でも、もちろん、旅行に行ったり、スポーツの後 食 事をしたりする時は、友だちと一緒の方が楽しいですね。

この女の人は、なぜ一人で食事をしに行くのですか。

5番

学生と先生が話しています。学生はどうして遅刻をしましたか。

F：今日はどうして授業に遅れたんですか。連絡もしないで。

M：すみません。いつもより早く起きたんですが。

F：何時頃？

M：7時には起きていました。でも、トイレに行ったら、窓の外で自分の携帯が鳴っているんです。で、変だなと思って見てみたら、携帯が庭に落ちていて…。

F：なんで、携帯が庭に？

M：ゆうべ、酔っぱらって帰った時に、庭に落としたみたいで、割れていました。で、修理を頼みに行ったら、遅くなりました。

F：まったく、困りますね！

学生はどうして遅刻をしましたか。

6番

女の人が話しています。女の人が、子どもを叱る時にしていることは何ですか。

F：最近子どもを叱らない親が増えたそうです。叱ってはいけない、ほめて育てるほうがいいとか、いろいろな考え方があるので、親もどうしたらいいか分からず、疲れてしまっているような気がします。しかし、本当に子どものことを考えるなら、しっかり叱った方がいい場合もあると思います。

そんな時、私が気をつけているのは、3回、大きく呼吸をしてから叱ることです。そうすることで、冷静になれるのです。感情に任せて叱っては決してよい結果は得られません。子どもにもイヤな気持ちだけが残ってしまうので、反抗的になってしまうのです。

女の人が、子どもを叱る時にしていることは何ですか。

問題3

例

男の人と女の人が、休み時間に話をしています。

M：あのう、キムさん、来週の金曜日、時間ある。
F：金曜日？ 国から友だちが来るから、迎えに行くつもりだけど。
M：そうか。じゃ、無理だよな。
F：でも、午後は空いてるよ。その友だちとランチを食べて大学に案内するだけだから。どうして？
M：実は、日本語学校の先生から通訳を頼まれたんだけど、その時間、ちょうどバイトがあるんだ。だから、誰かに変わってもらえないかと思って。
F：午後2時からでいいの。
M：ああ、もし、頼めたら助かるよ。
F：いいわよ。この前代わってもらったし。

男の人は、女の人に何を頼みましたか。
1　友だちを飛行場に迎えに行くこと
2　友だちを大学に案内すること
3　日本語学校の先生の通訳をすること
4　アルバイトを代わってもらうこと

1番

日本に留学している男の学生と女の学生が話をしています。

F：日本の電車はきれいだけど、お酒臭い時があるよね。アルバイトの帰りの時間の方がすごいよ。
M：ああ、ひどいね。酔ってる人がいっぱいいる。僕なんか、この前、足を踏まれた。迷惑だよね、まったく。

F：私は、何度も話しかけられた。「何人ですか？」って。

M：みんな迷惑そうにしてるよね。酒臭いし。

F：だけど、みんな慣れているみたいよ。

M：うん。あ、この前、何度も同じことを言っている会社員がいて、おもしろかったよ。

F：私も見たことある。おかしくて、ちょっと笑っちゃった。

二人は、電車の中にいる、どんな人が迷惑だと言っていますか。

1　お酒に酔っている人
2　ふらふらして人の足を踏む人
3　何度も同じことばかり言う会社員
4　女の人に話しかけたがる人

2番

男の人が、大勢の人の前で話しています。

M：初めてコンビニエンスストアができたのは、1927年だそうです。アメリカで氷を売っていた小さな店の主人が、お客さまから「氷を売ってくれるのは確かに便利だけど、卵や牛乳、パンなども扱ってくれると、もっと便利になる」といわれたことから誕生しました。時代やお客さまの細かい希望を実現していくことで生まれたわけです。日本にできたのは1974年ですが、今では、物を買うだけでなく、荷物を送ったり、公共料金を払うなど、いろいろなサービスが利用できて、生活をしていくために、なくてはならない店になりました。

男の人は、何について話していますか。

1　氷を売る店をコンビニという理由
2　パン屋の歴史
3　コンビニの歴史と現在の状況
4　コンビニにはどんなサービスがあるか

3番

男の人と女の人が話しています。

M：なかなか、来ないね。

F：うん。遅れてる。雨で道が混んでるからね。

M：いつもこんなに遅れるの？

F：ええ、バスは電車と違って道路の事情で遅れることがあるのよ。あなたは引っ越してきたばかりだから知らないでしょうね。時々遅れるのよ。

M：もっと近いアパートを探していたんだけどなあ。

F：でもこの辺、静かだし、いつもは大学まで自転車で行けるんだからいいじゃない。加奈子なんて、家から大学まで２時間もかかるそうよ。

M：それは大変だね。

F：地下鉄の駅まではお母さんに車で送ってもらうらしいけど。…ああ、もう 10 分も遅れてる。早く来ないかなあ。遅刻しちゃうよ。

二人は何を待っていますか。

1　タクシー

2　バス

3　電車

4　地下鉄

問題 4

例

友だちに借りた傘をなくしました。なんといいますか。

F：1　借りた傘、なかったの。ごめんなさい。

　　2　借りた傘、なくなったみたいなの。ごめんなさい。

　　3　借りた傘、なくしちゃったの。ごめんなさい。

1 番

友だちとの待ち合わせの時間に少し遅れました。何と言いますか。

F：1　遅れちゃった。困ったな。

　　2　お待たせして、ごめんなさい。

　　3　お先にごめんなさい。

2番

挨拶をして帰る女性に、あなたは何と言いますか。

M：1　お疲れさま。
　　2　もう帰りますか。
　　3　失礼しました。

3番

アルバイトの最初の日です。みんなに何と言いますか。

M：1　田村です。覚えておいてください。
　　2　田村です。よろしくお願いします。
　　3　田村です。頑張ってください。

4番

友だちが、あなたの読みたい本を持っています。何と言いますか。

F：1　その本、貸してくれない？
　　2　この本、借りてくれない？
　　3　この本、貸してあげてもいい？

問題5

例

M：日本語がお上手ですね

F：1　いいえ、けっこうです。
　　2　いいえ、そうはいきません。
　　3　いいえ、まだまだです。

1番

M：では、今日の仕事はこれで終わりです。

F：1　はい、どうも疲れました。
　2　はい、お疲れさまでした。
　3　はい、お疲れになりました。

2番

F：この書類のコピー、三時までに、よろしくお願いします

M：1　はい、承知しました。
　2　はい、承知します。
　3　こちらこそ、よろしくお願いします。

3番

M：この椅子、ちょっと借りていい？

F：1　うん、かまわないよ。
　2　うん、おかまいなく。
　3　うん、借りて。

4番

F：この荷物を預けたいんですが。

M：1　はい、かしこまりました。こちらが預けます
　2　はい、かしこまりました。こちらに預けます
　3　はい、かしこまりました。こちらでお預かりします。

5番

F：ちょっとおたずねしたいんですが。

M：1　それはありがとうございます。
　2　どんなことでしょうか。
　3　どちらにいらっしゃいますか。

6番

F：公園(こうえん)では禁煙(きんえん)ですよ。

M：1　はい、知(し)っていました。
　2　いいえ、気(き)にしないでください。
　3　すみません。以後注意(いごちゅうい)します。

7番

F：地下鉄(ちかてつ)よりタクシーのほうが、時間(じかん)がかかりますよ。

M：1　じゃ、急(いそ)ぐから地下鉄(ちかてつ)で行(い)きます。
　2　じゃ、急(いそ)ぐからタクシーで行(い)きます。
　3　じゃ、急(いそ)ぐからタクシーで帰(かえ)ります。

8番

F：この服(ふく)、私(わたし)には子(こ)どもっぽいかな。

M：1　そんなことないよ。よく似合(にあ)うよ。
　2　そんなことないよ。あまり似合(にあ)わないよ。
　3　そんなことないよ。子(こ)どもみたいだよ。

日本語能力試験聴解 N3　第六回

問題 1

例

男の人と女の人が家で話をしています。明日、女の人は何時に家を出ますか。

F：明日、早く家を出ないと。

M：めずらしいね。

F：会議だから、遅刻できないの。

M：大阪で会議？

F：うん。10 時には大阪駅に着いてなきゃ。

M：新幹線の切符は？

F：それは買ってあるの。ええと…ちょうど 7 時発だわ。

M：それなら 6 時半に家を出れば間に合うんじゃない？

F：無理よ。あなたなら大丈夫だけど、私は発車の 1 時間前には出るわ。

M：まあ、確かに、早めに出た方がいいね。

明日、女の人は何時に家を出ますか。

1 番

先生の研究室で、先生と学生が話しています。学生はこの後、まず何をしますか。

F：先生、おはようございます。

M：ああ、おはよう。安倍さん、君が今年のリーダーだったね。じゃ、今年の授業について説明しますよ。

F：はい、よろしくお願いします。

M：僕が教室に行く前に、教室の机を、コの字型に並べておいてください。今日は僕が並べておいたから、来週からみんなでやっておいて。

F：わかりました。

M：それと、授業で使う資料を毎回取りに来てください。今日のはこれです。これを教室に持って行っておいてください。

F：はい、宿題の方はコピーしましょうか？

M：いや、それは後で田口さんがやってくれるからいいよ。資料は、順番を決めて誰かが一人取りにくればいいです。あと、学生全員の連絡先リストを作ってもらえますか。メールアドレスと携帯の番号だけでいいから。

F：はい。では、授業の後で連絡先を聞いて、今晩、作ります。

M：うん。悪いけど、よろしく。

学生はこの後、まず何をしますか。

2番

男の人と女の人が話しています。女の人が今日買うものは何ですか。

F：明日からいよいよ台湾に行くのね〜。楽しみ〜。

M：そうだね。だけど、一週間も家にいないんだから、その準備が大変だよ。

F：だいじょうぶ。冷蔵庫には、もうビールしか入ってないし。だから、夕ご飯はコンビニのお弁当でいい？ 私、買ってくるから。

M：もちろんいいよ。で、新聞は？

F：ああ、1週間配達しないようにって新聞屋に電話すればいいのよね。やっておく。それから、私は明日、仕事の帰りに、おみやげを買ってくるわ。お菓子がいいかな。それとも…。

M：でも、それは明日、空港でもいいんじゃない。僕もいっしょに選ぶよ。

F：赤ちゃんのおみやげは、おもちゃがいいかな。

M：そうだね。

女の人が今日買うものは何ですか。

3番

歯医者で女の人と男の人が話しています。男の人はいつ予約をしますか。

F：次の予約はいつがいいですか。

M：ええと、水曜日がいいんですけど。

F：そうしますと、来週の18日ですね。空いているのは、午前9時から10時までと、夕方6時から6時半までになりますが…。

M：そうですか。…間に合うかな。じゃ、土曜日の3時はどうですか。

F：ああ、土曜日の午後は、お休みなんです。

M：そうですか。

F：その次の週はどうでしょうか。この日なら夜７時から９時まで空いていますが。

M：ああ、その日は出張なので…いいです。この日に来ます。早く治したいから。仕事が終わったら急いできます。

F：わかりました。では６時で大丈夫ですか。

M：はい。お願いします。

男の人はいつ予約をしますか。

4番

男の人と女の人がお客を迎える準備をしています。女の人は、何を買いに行かなければなりませんか。

F：さあ、これで準備はできたわ。

M：何か、僕が手伝うことある？

F：そうね。ビールもワインも買ってきたし、お料理もできたし。そうだ、玄関のお掃除をしておいてくれる？

M：ああ、わかった。

F：私は、玄関に花を飾るわ。

M：ああ、このバラの花だね。

F：そう。

M：ところで、今日は誰と誰が来ることになっているの？

F：谷川さんご夫妻がお子さんたちを連れて。あ、しまった。大人の飲み物だけしかないわ。買ってこなくちゃ。

女の人は、何を買いに行かなければなりませんか。

5番

男の学生と女の学生が話しています。男の学生は、今日まず、何をしますか。

M：ああ、大変だ～

F：どうしたの？

M：金曜日までに、レポートを提出しなければならないだろう。もう、半分以上書いたんだけどさ。

F：じゃ、大丈夫じゃない。今日は水曜日だから十分間に合うでしょう。

M：でも、明日は歴史の試験があるし、明後日は漢字の試験なんだ。まったく勉強してないから、今日と明日は歴史と漢字の勉強をしなくちゃならないし、レポート書く時間がないよ。

F：レポートは、水曜日に連絡すれば、来週の月曜日までに提出すればいいって、先生おっしゃってなかった？

M：そ、そうだった。いいこと教えてくれてありがとう。

男の学生は、今日まず、何をしますか。

6番

男の人が、店員と話しています。男の人はどのネクタイを買いますか。

M：色は、なるべく明るい方がいいんですが。

F：こちらはいかがでしょう。明るくてちょっと変わった面白いデザインですよ。

M：うーん、ただ、あんまり変わった模様が入っているのもちょっとね…。

F：では、こちらはいかがですか。

M：うん…あ、水玉模様だね。ただ、同じ水玉なら、こっちがいいかな。そっちは暗い所だと模様が見えないから。

F：そうですね。小さい水玉より、こちらの水玉の方がはっきりしていて明るくていいですね。

M：そうだね。落ち着いた感じだから、仕事で出かけるときにもいいな。これください。

男の人はどのネクタイを買いますか。

問題2

例

男の学生と女の学生が話をしています。男の学生は、昨夜何をしていたから眠いのですか。

M：あ～（あくびの音）…ああ眠たい。

F：遅くまでレポート書いてたのね。

M：いや、レポートはけっこう早く終わったんだよ。

F：へえ。じゃ、あっ、ゲームでしょう。

M：ちがうよ。レポートが9時ごろ終わって、すぐ寝ようとしたんだよ。だけど、眠れなかったんだんだ。おなかすいちゃってさ。

F：まあ。

M：で、コンビニに行ったら、田中に会って。一緒に近くの店に行って2時まで飲んでたんだ。

F：なーんだ。

男の学生は、昨夜何をしていたから眠いのですか。

1番

案内の人が、美術館の見学について話しています。この美術館の中で、してはいけないことはどれですか。

F：この美術館では、作品がガラスケースに入っていません。手で触ってもいいことになっているのです。お子さんにも、赤ちゃんにも、どんどん触らせてあげてください。また、靴を脱いで中に入れる作品もあります。中に入らないとその素晴らしさがわからないかもしれませんね。写真やスケッチも、もちろんかまいません。ただ、他のお客さまのじゃまにならないようにしてください。美術館の中は禁煙ですから、喫煙所もありません。食べる場所は、2階のレストランと、地下に、売店と食堂があります。そこでお願いします。

この美術館の中で、してはいけないことはどれですか。

2番

女の人と男の人が車について話をしています。男の人が車を買いたくない理由は何ですか。

F：子どもたちがいると、車があると便利だよね。

M：だけど、君は運転しないじゃない。まあ、僕も運転嫌いじゃないからいいけど。

F：この前みたいにプリンターなんか買っても、車だと、自分たちで持って帰れるよ。

M：お店に配達してもらわなくてもいいしね。ただ、車は環境によくないんじゃない。

F：じゃ、新しく出た、ガソリンがいらない自動車はどう？

M：うーん。それはいいけど、家の家賃の上に駐車場代もいるし…。

F：それもそうね。

M：そうだよ。この近所は高いんだろう。

F：2万円ぐらいだね。

M：ううん。やっぱりやめよう。荷物は僕が持つよ。

男の人が車を買いたくない理由は何ですか。

3番

先生と母親が話しています。先生は、今の子どもたちには何が足りないと言っていますか。

M：貴くんは、最近学校のことを何か話していますか。

F：はい、サッカーを始めてから友だちがたくさんできて楽しいと言っています。ただ、家ではゲームばかりやって。

M：そうですか。

F：宿題も勉強も、自分からはすすんでやろうとしないんですよ。

M：そうですか。人に言われてではなく、自分で、やろうという気持ちになって欲しいですね。そのためには、何か、勉強の目標があるといいのです。

F：それはないですね。

M：最近の子どもたちは、みんなそうですよ。

先生は、今の子どもたちには何が足りないと言っていますか。

4番

男の人がカバンについて話しています。男の人は、どんなカバンがいいと言っていますか。

M：学生の頃は、とても大きいカバンを持っていました。テキストやノートだけでなく、毎日、ノートパソコンも持っていっていたので。しかし、会社に勤めてからは、それほど大きいカバンはいらなくなりました。第一、満員電車では人の邪魔になりますからね。一番いいのは、たくさん入るけれど、何も入れない時も形がくずれない、しっかりした丈夫なカバンです。大学の頃のように、毎日荷物が多いわけではないですが、たまには、本やパソコンを入れることもありますので。値段は少しぐらい高くても、そんなカバンがいいですね。

男の人は、どんなカバンがいいと言っていますか。

5番

女の社員と、男の新入社員が話しています。新入社員はどんな失敗をしましたか。

F：先週の金曜日だけど、田中君、そのまま帰っちゃったよね。

M：はい、川上さんも、課長ももういらっしゃらなかったので。

F：何時頃？

M：たしか、7時頃です。

F：それはまずいよ。土曜日は、システムサービスの人が来る日なんだから。

M：はい、だから全部のパソコンを準備しておきましたけど。

F：それはいいけど、部屋の鍵は田中君がもっているんでしょう。

M：ああ、そうか、パソコンのある部屋の鍵を閉めて帰っちゃいけなかったんですね。

F：そうよ。下の管理人室にも、誰もいなかったから、私が来て鍵を開けたのよ。

M：そうか…すみませんでした。

新入社員はどんな失敗をしましたか。

6番

女の人が話をしています。「食育」とは何ですか。

F：日本でも“食育”が注目されています。食育とは、子どもたちが健康で安全な食生活を送れるように、食べものに関する知識や判断力を身につけさせる教育のことです。食育には、自分の食べるものは他人まかせにせず、自分で判断できる人になってほしいという願いがこめられています。テレビや雑誌、広告で「この食べ物は健康にいい」「この食べ物を食べたら病気が治った」などと紹介されているのを見たことがあると思いますが、このような食に関する情報の中には役に立つものもあるけれど、全部が正しいとは限りません。見たこと聞いたことをそのまま信じてしまうのは、実は危険なことだということを判断するのも食育のねらいです。

「食育」とは何ですか。

問題３

例

男の人と女の人が、休み時間に話をしています。

M：あのう、キムさん、来週の金曜日、時間ある。

F：金曜日？ 国から友だちが来るから、迎えに行くつもりだけど。

M：そうか。じゃ、無理だよな。

F：でも、午後は空いてるよ。その友だちとランチを食べて大学に案内するだけだから。どうして？

M：実は、日本語学校の先生から通訳を頼まれたんだけど、その時間、ちょうどバイトがあるんだ。だから、誰かに変わってもらえないかと思って。

F：午後２時からでいいの。

M：ああ、もし、頼めたら助かるよ。

F：いいわよ。この前代わってもらったし。

男の人は、女の人に何を頼みましたか。

1　友だちを飛行場に迎えに行くこと
2　友だちを大学に案内すること
3　日本語学校の先生の通訳をすること
4　アルバイトを代わってもらうこと

1番

男の学生と女の学生が授業について話をしています。

F：田中先生は、出席にはきびしいけど、テストはやさしいって。

M：へえ。テスト、簡単なのか。

F：中本先生も、テストはやさしいそうよ。出席もそんなに厳しくないって。

M：うーん。ぼくはやっぱり、話がおもしろい先生がいいな。

F：長谷川先生は、めったに一番いい成績をつけないけれど、授業がすごく面白いんだって。高橋先輩、去年、成績は悪かったけど、あの授業が一番よかったって話してたよ。

M：じゃ、ぼくも、その授業をとろうかな。

F：でも、テストは難しいってことだよね。

M：長谷川先生は、出席もとらないらしいよ。

F：つまり、授業に出ているだけじゃだめだ、ってことだよね。どうしようかな。

男の学生は、どんな先生の授業を受けたいと言っていますか。

1　宿題を出さない先生の授業

2　出席をとらない先生の授業

3　授業が面白い先生の授業

4　テストが簡単な先生の授業

2番

新しい商品の説明会で男の人が話しています。

M：こちらの製品は、今までですと、なかなか取れなかった、少し濡れているごみまで乾かして吸ってしまうパワーがあります。たとえば、洗面所の髪の毛や、泥なども、乾かすスイッチをオンにすれば、このように、すぐ吸い込んでしまうわけです。もちろん、窓の埃も大丈夫です。テレビの後ろなども、吸い込み口をとりかえれば、ほら、この通り、きれいになります。ふとんにもお勧めです。ただ、水で濡れた床は、雑巾で拭いてから使ってください。また、水をそのまま吸い込むと、故障の原因になるので、気をつけて下さい。

男の人は、どんな商品について話していますか。

1　ヘアドライヤー

2　洗濯機

3　掃除機

4　テレビ

3番

女の人が、写真を注文しています。

M：こちらの写真は、あと２時間ほどで出来上がりますが、お待ちになりますか。

F：そうね、…もう少し早くできませんか。

M：空いていれば１時間ほどでできることもあるんですが、今日はあいにく混んでいますので２時間はかかると思います。

F：そうですか…。

M：特急料金だと500円高くなりますが、30分ぐらいでできます。

F：30分ね…近くでコーヒーを飲んで待っていてもいいけど、どうしようかなあ。

M：どちらでも…。

F：まあ、今日はそんなに急がないし、買い物もあるから、いいです。2時間たったらまた来ます。

M：はい。申し訳ございません。

女の人は、いつ写真を受け取りに来ますか。

1　2時間後

2　1時間後

3　30分後

4　明日

問題4

例

友だちに借りた傘をなくしました。何といいますか。

F：1　借りた傘、なかったの。ごめんなさい。

　2　借りた傘、なくなったみたいなの。ごめんなさい。

　3　借りた傘、なくしちゃったの。ごめんなさい。

1番

あなたの後ろでエレベーターに乗ろうとしているお年寄りがいます。何と言いますか。

F：1　お先にどうぞ

　2　すみません

　3　どうも失礼します

2番

デパートで、出口がわからなくなったので、店員に聞きます。何と言いますか。

F：1　出口がわからないです。

2　出口はどちらでしょうか？

3　出口に行きたいです。

3番

電話の相手の声が聞こえない時、何と言いますか。

M：1　もっと大きい声で話せませんか。

2　少しお電話が遠いようですが。

3　大きい声を出してください。

4番

服を買う前に１度着たいです。店員に何と言いますか。

F：1　この服が着たいです。

2　この服を着せてみていいですか。

3　この服、着てみていいですか。

問題５

例

M：日本語がお上手ですね

F：1　いいえ、けっこうです。

2　いいえ、そうはいきません。

3　いいえ、まだまだです。

1番

M：いつも何で来るんですか

F：1　いつもとは限りません。
　2　何でもありません。
　3　地下鉄とバスで来ます。

2番

F：日本語、どこで勉強したのですか。

M：1　私の国の日本語学校です。
　2　あまり上手じゃありません。
　3　いえ、そんなに勉強はしていません

3番

M：今日は野球の試合なのに、雨だね。

F：1　うん。がっかりだよ。
　2　うん。そっくりだよ。
　3　うん。失敗だよ。

4番

F：あなたは何時頃こちらにいらっしゃいますか。

M：1　10時にいらっしゃいます。
　2　10時に参ります。
　3　10時までです。

5番

F：酒井先生をご存知ですか。

M：1　はい、知りません。
　2　いいえ、存じません。
　3　はい、ご存知です。

6番

F：あのチーム、なかなか強いね。

M：1　うん。練習しなかったんじゃない？
　2　うん。きっと負けるんじゃない？
　3　うん。ずいぶん練習したんじゃない？

7番

M：山村さん、交通事故にあったらしいよ。

F：1　えっ、まさか！さっきまでそこで話していたんだよ。
　2　えっ、わざわざ？さっきまでそこで話していたのに。
　3　えっ、さっきまでそこで話していたからね。

8番

F：冷たいうちにどうぞ。

M：1　いただきます。…ああ、あたたかくておいしいです。
　2　いただきます。…ああ、冷たくておいしいです。
　3　いただきます。…ああ、体が温かくなりました。

合格全攻略！新日檢6回全真模擬試題N3
【讀解・聽力・言語知識〈文字・語彙・文法〉】
（16K＋6回聽解MP3）

2016年1月　初版

發行人● 林德勝

作者● 山田社日檢題庫小組・吉松由美・田中陽子・西村惠子

出版發行● 山田社文化事業有限公司

106台北市大安區安和路一段112巷17號7樓

Tel：02-2755-7622

Fax：02-2700-1887

郵政劃撥● 19867160號　大原文化事業有限公司

總經銷● 聯合發行股份有限公司

新北市新店區寶橋路235巷6弄6號2樓

Tel：02-2917-8022

Fax：02-2915-6275

印刷● 上鎰數位科技印刷有限公司

法律顧問● 林長振法律事務所　林長振律師

定價● 新台幣299元

ISBN：978-986-246-435-9

STS

STS